# 我们的船划向哪里

潘云贵 著

划向哪里

青春文学
冠军档案

山东城市出版传媒集团·济南出版社

**图书在版编目（CIP）数据**

我们的船划向哪里 / 潘云贵著. -- 济南：济南出
版社，2022.1

（青春文学·冠军档案）

ISBN 978-7-5488-4899-8

Ⅰ. ①我… Ⅱ. ①潘… Ⅲ. ①短篇小说 - 小说集 - 中
国 - 当代 Ⅳ. ①I247.7

中国版本图书馆CIP数据核字(2021)第276798号

| 出 版 人 | 崔　刚 |
| --- | --- |
| 责任编辑 | 尹利华　叶　子 |
| 封面插画 | 木　言 |
| 装帧设计 | 胡大伟 |

---

| 出版发行 | 济南出版社 |
| --- | --- |
| 地　　址 | 济南市市中区二环南路1号（250002） |
| 编辑热线 | （0531）86131748 |
| 发行电话 | （0531）86922073　86131701　86018273 |
| 经　　销 | 全国新华书店 |
| 印　　刷 | 山东临沂新华印刷物流集团有限责任公司 |
| 版　　次 | 2022年1月第1版 |
| 印　　次 | 2022年1月第1次印刷 |
| 成品尺寸 | 145mm×210mm　32开 |
| 印　　张 | 9.5 |
| 字　　数 | 130千 |
| 定　　价 | 59.80元 |

（济南版图书，如有印装质量问题，请与印刷厂联系调换）

# 再见，空水缸

多年以前，一个读者发我私信，说她很喜欢我写的小说，问我什么时候可以出版短篇小说集，末尾她说能否将其中一个故事中的女孩子名字给她用作网名，因为那是她最钟爱的一个小说人物。我同意了。

之后每一年，她都会询问我小说集出版的情况，我都回答在准备中。她说如果可以，请快一点，她想通过这本书再跟记忆中的人物重逢，握住某种力量去一个她无法猜测的未来。就这样清水般往来流淌了四五年，再往后已经很久没再收到她的消息，我不知道她去了哪里，又过上怎样的生活。但女孩曾经说过的话，却一直在我内心的山谷回荡，无法忘记。

多年之后的今天，疫情中的世界愈发显得不确定，人与物也变得稍纵即逝。时间却依然让该开花的都开花，让该结

果的都结果。秋水渐渐与长天一色，我的首部小说集在这样的时刻出版了。

想对一直在等待它的读者致以歉意，是来得太晚了，本该在五年前我硕士刚毕业的时候出版，作为那些校园青春岁月的一次回首，却因种种情况延迟至今面世。其间生命中来了多少人，又走开多少人，难以细数。青春的云鹤去而不返，遗憾却与日俱增。为此，我以那个读者喜欢的《我们的船划向哪里》的小说名作为书名，纪念我们曾对这个世界赤诚天真过的那些时刻，也献给茫然站在青春路口迟迟迈不出脚步的每个身影。对始终在等待的人，说声辛苦，道声感谢。你们期待的目光给了我在暗夜中行路的勇气，也一直擦亮着我人生的镜面。

因为成长环境的缘故，这部小说集的创作背景地多是福建、台湾等南方地区，汲取了诸多相关的文化元素在字里行间，在氤氲的水汽中描摹着当下少男少女在青春年华里的复杂心境。这是我们不能小觑的群体，他们的成长连结着未来的世界。在多变的时代当中，尚且年轻的他们不断在承受，在隐忍，甚至常常被否定，却仍旧如同植物渴盼着光，渴望着爱。我想在书中拥抱他们，给予这些稚嫩的面孔一点力量。

谁都青春过，有过那些年轻的片段，我想藉由这部作品呈现出的少年群像，为所有青春的瞬间而歌，为那些容易被忽略的个体而书写。

五月，疫情未爆发前，整座岛屿面临的一大困境是迟迟未降临的雨水，大地干涸，河床见底，条条裂痕毕现，仿佛历史苦难的脉络。我的宿舍门外突然出现了一个空的红色塑料水缸，是学校考虑到往后用水紧张而做的限水准备。我每日出门都会盯着水缸看一会儿，四下无人时，也会蹲坐其中，盖上盖子，但留一条可供透气的缝隙，这样似乎也与纷扰的世界有了暂时的脱节。想起孩童时，为了躲避追打、争吵，自己都会选择这样的空间作为藏身之所，在里面沉默、呜咽，谁也看不见，隐蔽而安全。

后来，大片大片的积雨云路经人生，江海在迟来的雨季中哗然澎湃，某一天走廊上的塑料水缸突然被撤走了，我与世界隔离的地带消失了。现实中的庇护所可能便如此一座一座地消失，所幸我们有文字所构筑的属于内在永不被撼动的空间，我们藏身其间，在辽阔无际的精神国度里去凝望山河岁月的身影，并为这烟火中的人间啼泣或展欢颜。

重读书里的每一篇小说，我仿佛乘坐时光机完成了一趟从过去到现在的旅行。这些文字纪念着我从十八岁到二十多岁的年纪里认识的少年们。你可以说他们软弱而无能，也可以说他们矫情而偏执，但这群人确实是这世间尤为纯真而可爱的人类。那时的他们生活在乡野小镇间，或是城市角落里，

恪守心中的信念，与周遭世界格格不入。人们期待他们长成某种模样，他们却站在了镜子的反面，并折射出强烈的光……那时的我不常跟人往来，没什么朋友，也不想经营怎样的人生，总是独自与花草虫鸟、山林湖泊待在一起，期待的事是深入宇宙，成为一种渺小几乎透明的存在……而我现在从水缸里出来了，他们却还在里头，守着一个个不会老去的黎明与黄昏。

我们这一生很短暂，而长大成人一直不是一件容易的事，多数人是花了一生的时间在成长，在寻找自我。不论过去还是明天，我想自己依然会用文字，这些人生路上瑰丽的碎片做一面镜子，让你们看见我，也同时看见你们；也做成一口空水缸，让你们偶尔短暂地藏身其中，再站起来，认识自己在这个世界的位置。

某天，我写下的作品或许不再如这本书中的故事那样年轻了，希望你不要问我原因，时间会回答一切。但不必怀疑我内心的少年，他们依然住在我心上的居所，看一片叶对光的依恋，问一滴水关于江河的路径，追一朵云去探寻风的终点，所留下的背影始终与你们相像。

2021.9.12 于高雄西子湾

我们的
船
划向哪里

**目 录**

## Part 1 隐秘生长

成长的路上，你总会长大。总有一
天你会找到自己的出口，真的，你会找到。

我们的船
划向哪里

**目 录**

## Part 2 月光街区

> 浓郁的水雾中，那些受控的舵盘总是难以寻觅到清晰的航向，多少人走丢在了生命模糊的描线上。

我们的

船

划向哪里

# Part 1
# 隐秘生长

成长的路上，你总会长大。总有一天你会找到自己的出口，真的，你会找到。

# 火车飞起来了

陈家骆有次问我："你觉得火车会飞起来吗？"

他问这个问题的时候，我们正趴在宿舍天台上看火车停在小站上，像玩具一样一动不动。

很多人都羡慕我们学校就在铁轨旁边，可以每天看到火车经过。这些火车开往全国各地，好像坐上去就可以一夜之间到达另外一个世界。坐火车具体是什么感觉，我和陈家骆并不知道。因为小站太小，一般时候火车都会急速驶过，只有遇到特殊情况时才在这里停下。

"你不是想看看火车会不会飞起来吗？爬上去就知道啦！"我见逮着了机会，就兴奋地催着陈家骆往楼下跑。

铁路沿线一般都会建起围墙、铁栅栏，要想进去也不容易。因为镇上的小站太小，几乎被人忽略，角落里的铁栅栏

都在风吹雨打后腐蚀了，一点都不牢固。我看见有人把栅栏锯开钻了进去，他们有的偷偷爬上火车离开贫穷的小镇去了很远的地方，有的则躺在铁轨上永远睡去了。

"你确定前面能进去吗？"陈家骆狐疑地看着我，他心里有些害怕，"如果被抓到了，会不会被学校处分？"

"放心吧，好多人都从那里钻进去过，没事的。"我拍了拍胸膛。

其实我心里也没底，这是我第一次钻进小站，感觉就像个贼。但很顺利，没有人发现我们。只是我看到陈家骆的腿有点抖，他一直都是个不勇敢的胖子。


2009年9月，我在新桥镇铁路旁边的胜利中学念初一。

因为学校里的学生基本来自周边山村，距离学校比较远，学校就采取封闭式管理，要求学生全部寄宿。早些年，镇上最高的建筑就是胜利中学校园里由政府拨款建的八层高的教学楼和宿舍楼。但后来跑来一批开发商在学校周边盖起二十层的高楼。胜利中学俨然成了一座低矮的围城，采光好的只剩下面朝铁路的这一面。

我刚进来时就和陈家骆认识了，他和我同班，与我同桌，又跟我住同一个寝室。教我们语文的是个年轻女老师，据说是沿海那边的大学生，因为不满意家里安排的婚事就逃到我们镇上，应聘成为胜利中学的语文老师。她烫着时髦的长卷发，眼睛大，又有神，杀伤力十足，说话带着一股很重的虾油味，每回课上给我们念课文的时候，我们都仿佛置身海上，有海风吹来，有海鸥叫着，整个胜利中学好像在大海上漂着。她的名字叫齐琪琪，开学第一天介绍自己的时候，我们全班都笑了，除了我和陈家骆之外。

因为村子离学校太远，开学第一天我迟到了。进教室时，同学们都已经笔直地坐在座位上，手边摆着新书，正听着齐老师交代事情。我顶着众人齐刷刷的目光走到教室最后面的空位上，刚想坐下，齐老师就让我站到卫生角，遭受同样待遇的人还有陈家骆。他穿一件带破洞的灰色短袖衫，肚子鼓鼓的，像装了个球一样，傻傻地站着。我见到他想到的第一件事是他是怎么小升初到胜利中学的。他对我笑着，我也对他笑着。我们站了四十分钟，但感觉像站了很久很久，教室走廊上有其他班的学生捧着书来来往往，他们透过玻璃窗看着瘦瘦的我和胖胖的陈家骆，我们像两件物品在他们止不住的笑声里展览着。我们是齐老师上任第一天建立威信的牺牲品。

上了初中，每天都在做噩梦。吃也吃不好，睡也睡不好，还得面对齐老师那张冷冷的脸。有时我和陈家骆起床晚了，踩线跑到教室都要被她揪出来，一番严词厉句劈头盖脸砸来，她经常说的一句是："你们到底有没有羞耻心啊，下次再这样就叫家长来！"听人说齐老师逃婚的原因是因为对象是个难看的胖子，就跟陈家骆一样。所以齐老师心情不好时总会朝着陈家骆发火，有时还会用教鞭拍打总是坐不直的陈家骆，敲得"叭叭"直响。陈家骆没反抗，只哭着，我在一旁都不敢看。

我在村里读小学时，成绩都在年级前十，所以家里人对我期望很大。也不知道我妈从哪里知道我的同桌是个又笨又傻的大胖子，有次专门打电话到宿管那找我谈话，她不想让我跟陈家骆这样的差学生坐一起，要我找齐老师商量换位置。她总是在电话里说着同一句话："你还想不想考高中、考大学？还想不想走出这个鬼地方了？别忘记啊！"

"别忘记啊！"这句话像茧子一样长在我的耳朵上，但我始终都没有和齐老师说起换座位的事情。或许是因为经常和陈家骆罚站的缘故，都罚出感情来了，我并不想让其他人坐到我身边。

即便常常迟到或者作业没及时完成，我每回单元考成绩都还在班级前列，齐老师不免对我改观，有时还好心地找我谈话，让我戒掉坏习惯，做个传统意义上的好学生。因为平日看惯了她那张半死不活的脸，所以当她冲我微笑的时候，我突然发现其实她长得挺好看。而陈家骆成绩真的很烂，只

要倒数第一名没来考试，他就毫无悬念地摘取倒数第一的
"桂冠"。学校食堂伙食并不好，他却越来越胖。基于此，
他不仅是齐老师的出气筒，还是全班嘲弄的对象。在漫长的
学习生涯中，瘦子和胖子、脑瓜子好和脑瓜子笨的待遇就是
不一样。

　　为了帮助陈家骆提高成绩，我采取了很多措施，督导他
做数学题，背英语课文，但他脑子就是少了根筋，费了老半
天都教不会。我是个聪明的孩子，所以我决定用最直接的方
式使他取得好成绩——帮他作弊。考试的时候，陈家骆就坐
我后面，我特地把卷子摊得大大的，还把身子侧到一边，让
他得到最好的偷抄角度。但他胆子就是小，头抬起来都不敢，
我暗地里叫了他几次，他才稍微动了动自己已经胖得和头部
连成一体的脖子看过来，脸还红得像个要爆炸的气球。讲台
上的监考老师偶尔咳了一声，陈家骆以为是针对他，立刻慌
了神，连笔都掉到地上了。这样做贼心虚不被人发现才怪。

　　我读初二那年，教育局为了整合资源方便管理，让附近
学生少的中学合并到胜利中学。原本拥有良好生源的胜利中
学顿时变成鱼龙混杂之地。我们班进来一些新同学，不管男
女生头发都很长，校徽总是歪歪扭扭地别在校服上，而校服
呢，总是穿不整齐。他们家都在镇上，有几次放学的时候，
我看到他们出了校门口就开始抽烟、说脏话。我有时从他们

身边经过，竟然瞥见其中一个男同学脸上还有很深的刀疤，让人毛骨悚然。

新同学到来后，班上经常有人丢东西，大家心知肚明，都不愿深究，但也有一两个同学丢了东西当场就叫起来。有一次，在齐老师的语文课上，一个女同学发现自己放在包里的巧克力不见了，当场就哭了。

齐老师正想用她的朗读带领我们进行"航海旅行"时，却被哭声扰断。她严厉的目光巡视着几个可疑分子，全班鸦雀无声。

她继而又对失主安慰道："别哭了，放学后我给你买一盒。"

"老师，这是我爸从西班牙捎回来的！"那位女同学哭得更大声了。

齐老师这时也不提买巧克力的事了，只骂着偷东西的学生黑心肠。全班依旧低着头。

"陈家骆，是不是你？！"齐老师目光狠狠地射过来。

"老师，不……不是我。"陈家骆紧张得犯口吃。

齐老师立即冲过来，我们都忽略了她竟然是穿着高跟鞋跑过来的。她拿起教鞭敲着我们的课桌，厉声道："陈家骆你快说，到底是不是你？！"

陈家骆不知看了谁一眼，本想说的话又咽了回去，没有回答。齐老师拿起教鞭，像往常生气后一样"叭叭"地敲着陈家骆的后背。

没有一个同学敢出声。

齐老师这下怒火都烧了出来，直接伸手把陈家骆的书包拽了出来，破烂的帆布包经不住齐老师用力，扣子掉了，书本、碳素笔簌簌落了一地。就是没有那盒西班牙的巧克力。

陈家骆埋头哭了起来。

齐老师这下脸红了，清了清嗓子，说："好了，没事了。"并对那个女同学说道："你再好好想想到底有没有把东西带到班级来。下课后到我办公室。"

"老师！"我喊住正想往教室前面的讲台走的齐老师。

"怎么了？"她回过头，疑惑地问。

"您是不是要捡一下这些弄掉的东西？"我稍微大声问道。

"不要以为你成绩好就可以这样和老师说话！你们俩都给我出去！"齐老师怒火中烧，对我和陈家骆吼道。

随即我就拉起陈家骆跑了出去。

事后陈家骆告诉我，他看见巧克力是一个新来的男同学偷的，但他不敢把真相说出来，害怕被那个男同学报复。他说他在胜利中学待得很难受，他说自己真想离开这里。

被齐老师轰出教室后，我们常爬到宿舍天台上眺望远方，像孤儿一样寻找着家的方向。

不远处一列列火车呼啸着闯入我们的视线，又迅速离开。

它们一节一节，长长的，在铁轨上扭摆着，像蜈蚣，又像蛇。等开到远处山洞的时候，轰隆隆地钻进去，消失了。

"一定是飞起来了！"陈家骆兴奋地叫道。

"它这么重，怎么飞起来？"我问他。

"它有翅膀的，我见过！"陈家骆很认真地看着我，说得像真的一样。

"在哪里看见的？它这么重真能飞起来的话，那你一定也可以，哈哈……"

陈家骆见我笑他，就没有往下说，表情变得有些失落，好像原本坚信的东西被人质疑后，自己的心也开始动摇。但他很快又恢复到原来的样子，坚定地看着我，说："火车会飞的！"

我很少见到这样的陈家骆，跟平常的他那么不一样。


为了证明火车到了山洞是如何消失的，到底有没有长上翅膀飞走，也为了能够坐一回火车把自己放逐到胜利中学之外的世界，一有时间我就跟陈家骆趴在天台上观察情况，看看有没有中途停下的火车。如果有，我们就要爬上去瞧瞧。

因为学校就在小站旁，所以从宿舍出来，溜出后门，钻过栅栏，来到铁轨边，时间加起来不超过 8 分钟，当然这是对我来说。如果带上腿粗得跟柱子似的陈家骆的话，那时间就得在 13 分钟以上。所以往往当我们到达时，火车就撅着屁股开走了。但无论如何，陈家骆都是我兄弟，即使他胖得跑不动了，我也要把他背过来一起上火车，让他看看到了山洞后火车是怎样飞起来的。

这次挺走运的，火车没跑。可能是因为天气、路况等原因使得火车在路上耽搁久了，等它开到这里时已经没有充足的水源和食物。我们躲在草丛里看见工作人员正在搬运方便面、饮用水，有几节车厢的车门正好开着。之前我跟陈家骆说，如果车门没开的话，我们就爬车顶，但现在显然不用那样冒险了。待工作人员转身又向小站走去的时候，我就和陈家骆找了最近的车门，钻了进去。

太幸运了，竟然没人检票，只有一些小青年和中年男人在吸烟。过了几分钟，工作人员搬着一箱一箱的食品上来，"咣当"一下关了车门，火车跑起来了。

我们第一次坐上火车，兴奋极了，在车上又蹦又跳，广播里放着信乐团的《海阔天空》，我们也跟着大声唱起来。车上有打牌的农民工，有抱小孩的妇女，有一直趴着睡的年轻人，还有来回推着食品叫卖的服务员。喧嚣中，他们都沉浸在自己的世界里，没有人注意到我们是中途偷偷爬上车的。但通向山洞的轨道远比我们在天台上看到的长，过了七八分钟还没到。我们又紧张又激动地等待着。

"到了山洞后，是不是真的会飞起来？洞里究竟是什么样的，连接着天空、宇宙吗？"我竟然也如此天真地问起陈家骆。

他透过车窗望着外面的世界，点了点头："我看见过的。"

火车呼啦呼啦疾驰着，两边的风景长腿似的往后跑着，铁路沿线长满青翠繁茂的灌木，有些枝丫上还开着黄色、红色的小花。一些云雾环绕着远处的高山，像很轻很薄的围巾。依稀也能见到低处的一些村落，破旧积木似的搭在河谷里。因为困在胜利中学太久了，我们差点都忘了除学校以外的其他地方。耳边回荡着火车与铁轨摩擦的声音，一切都是新奇的，我和陈家骆继续蹦跳着，唱歌。世界美如诗。

或许是我们高兴得太早，悲伤就找上门了。很快有很称职的工作人员过来查票了。我们试图躲进厕所里，但厕所里已经有人在蹲位。我们又试图向前面的车厢跑去，但那边也来了一队查票的。我和陈家骆别无选择只好待在原地。

"车票、身份证都拿出来！"一个穿着制服有着铁青腮帮的大叔看着我们说。

我和陈家骆摇摇头，没作声。

"好啊，竟敢逃票！小小年纪不学好！"大叔音量调到最大，似乎想让全车厢的人都听到。随即一队人都围过来，

"从哪上来的？"另一个人问道，并拿出补票的机子看着我们。

"新桥镇，但我们……没有钱。"我小声地回答，陈家骆则躲在我后面，头埋得很低。

随后，火车终于进山洞了，我们却被关进一个很小的办公室。我们像电视上那些被关入牢房的囚犯一样使劲拍打着车门，但没有一个人理我们。最后我们绝望了，脸贴着墙壁，车厢剧烈震动着，耳朵这时好像被什么堵住了，出不来气。

"一定是到山洞里了，所以火车飞起来了！"陈家骆激动叫道。

我却沮丧地说："现在什么都看不到，飞起来有屁用！火车究竟要带我们去哪？"

陈家骆一点都不悲伤，笑着对我说："只要不回去，去哪都可以。"

我沉默了，像个永远不知道明天自己会在哪里的乞丐。

其实不必为这个问题焦虑，火车上的工作人员当然不会让我们搭霸王车，到了下一站，他们就把我们赶下了火车。

我和陈家骆开始沿着铁轨回去。他好像有点不情愿，一路上都走得很慢，归途变得好长好长。没有人知道此刻的我们正像两个流浪的孤儿走在时间的钟面上，不断跟随着时针、分针、秒针旋转，像傻子一样。学校领导不知道，齐老师不

知道，班上同学不知道，远在小山村的父母不知道，好像没人会想起我们。

过了两个小时，我们走到山洞口，陈家骆突然停下脚步。我推了推他，然后进去了。

白天一下子被关上，瞳孔里都是黑暗。我们似乎走进了一个通往夜空和宇宙的隧道。但是星辰在哪里？月球在哪里？我们没有飘浮起来，肉身还是那么重，路途越来越漫长，时间开始用光年计算。

"陈家骆你骗人，什么能飞起来都是假话，这就一个山洞，除了黑暗什么都没有！"我在铁轨上跳了几下，朝着陈家骆生气地说道。

他好像也被自己骗到一样，低着头走路，然后感觉视野里有个光点越来越大，一阵剧烈的声响击打耳鼓。他对我喊："快从铁轨上下来，后面有……有火车！"

"哎哟！"突然我被什么给绊住了，倒在铁轨上，疼得直叫，起不来了。

"笨蛋！"陈家骆跑过来将我抓起，一起滚到铁轨外。

火车奔过来，炽热的亮光灼伤洞中的黑暗，我们分秒不差地躲过了迎面而来的死神。

"混蛋，混蛋！"我对着疾驰而去的火车吼道，然后又朝着陈家骆喊道："都是你要看什么火车飞起来，白痴才相信你的话，陈胖子你是个骗子！"

我站起来，拍拍身上的灰尘，不但没感谢陈家骆难得勇敢一回救了自己，反而责怪起他，继而一个人向前方跑去，不再理他。陈家骆失落地走在后头。

出了洞口，感觉天变冷了，阴郁的天空似乎要下雨了。

好像走了半辈子路，我们才回到出发的地方。我钻出栅栏，看见陈家骆没跟出来，他停在栅栏的另一边，默默地看着我，眼睛红了，但却努力不让泪水掉下来，他说："是，我骗了你，我其实就是想离开学校到山洞那边的世界去。这里只是属于你们这样成绩好的学生，而我……永远只会被人看不起。火车根本飞不起来，因为它像我一样沉重笨拙。我和你，是不同世界的人！"陈家骆在最后一句话上用了很大力气，似乎是用身体吼出来的。

从此，我和陈家骆的中间永远隔着一道栅栏，谁也没有翻过。

沉闷时，我开始独自站在宿舍天台上看着远方，那里究竟属于谁。身边不再有人和我说话。我俯瞰着没有火车途经时的铁轨，它像极了一条死去的河流，静止在时间之上，冷冰冰的。那个破旧的栅栏，永远像一些人身上的疮口。

初三那年，学校根据学生成绩重新分班，我不再和陈家骆坐在一起。那一年，齐老师也离开了。她的家人从沿海跑

到镇上找到她，把她带了回去。

几个月后，我们在中考中迎来了初中的结尾，没有谁再记得齐老师被带走的事情，好像齐老师从未出现过，人类一直都是善忘的动物。而陈家骆似乎也退出了我的世界。

我最后一次见到他，就是在那天挤满学生的走廊上，他的背影像骆驼一样消失在人潮中。渐渐地，他曾在我的世界出没过的痕迹被时间越拉越瘦，瘦成一条细线，再缩小成一个点，丢在我的脑海中，激起轻微而模糊的涟漪。只是偶尔回家时碰见以前同学不经意间提到了"陈家骆"这个愈发陌生的名字。听人说他中考的分数不到两百分，很烂的高中都上不了，就跟着他舅去沿海打工去了。也有人说他高考后在县城一家酒吧当服务员，与顾客发生争执后不知哪来的胆，冲动之下竟拿酒瓶伤了人家，然后被公安局的人抓了。当然还有其他版本，真实与否，谁也没去考究。

和大部分同学一样，我能记住的无非也是他曾与我同桌，学习很差，经常被老师和同学嘲笑，是个喜欢哭的胖子。但我还能记起的是他其实并不胆小，他也有梦想。

有一天在高中寝室里午睡，窗外天空突然暗下，紧接着一场大雨瓢泼而下，世界浸泡在一阵淅淅沥沥的雨声里。我的耳畔却传来一阵气鸣声，一列火车从铁轨的这头驶来，向隧道的那头开去。

　　我看见陈家骆在我身旁，我们都是从前的样子，我瘦瘦的，他胖胖的，但我们都跑得像风一样，一起追着火车进了山洞。然后神奇的事情发生了，黑暗的隧道里竟然真的是一个无限庞大的宇宙，银河在发光，星辰在闪烁，轨道不见了，火车两边长出了翅膀，它飞起来了，像龙一样扭动着，在宇宙里自由游走。我们都在空中移动，像行星一样。

　　"看吧，火车是不是飞起来了，我没有骗你吧？"梦的最后是陈家骆在和我说话，他笑得很灿烂，整张脸就像一个小小的太阳，"我之前看到的也是这样的场景，不过都是在梦里。这次能跟你一起看见，好开心！"

　　陈家骆，你现在还会做这个梦吗？

# 西洲曲

一

忆梅下西洲，折梅寄江北。

单衫杏子红，双鬓鸦雏色。

西洲在何处？两桨桥头渡。

日暮伯劳飞，风吹乌桕树。

## 【秋声】

耳畔住进这个时节的风。

常常在微痛中听到一阵模糊的声音，辨别不清来自哪里。那声音似乎从秋叶拍打的深处击来，附着于耳根，开出紫色的花蕊。

然后又常常在梦里闻到这种花的香味，是安宁的气息，幽然神秘，是遥远的旷野或者深山的味道。那些被野火燃起的细碎枝叶、昆虫遗体，酥脆的声响触碰着秋日的根部。

无尽的河、绵延的山、乌鹊、远村，点点明亮又顷刻熄灭的火，从墨色虚像中抽离而出，逐渐化成一张现实的图景。

葳蕤生光，在静谧的河岸，摇荡成少年清秀的模样。

清风徐来，涟漪晃动为水上的褶皱，雾色散开，渔船上的身影渐次清晰。船橹撑开的柳荫——倒退，镜子上清澈的倒影呈现出瓷般光亮。

他唇齿微启，在风中要发出第一个音节。

飞鸟扑打翅膀掠进雾色里，梦顷刻静止。


醒来时，窗外摇摆的树影映到天花板上，手机在台灯下震动，发出沉闷的声响。我用指尖划开解锁键看了看信息，心里有些腻烦。

是连芸的短信。

"早上好，项南，这周末说好去旅行的，你准备好了吗？"

随后她又发来一条。

"我太高兴了，想到要和项南去旅行，一整夜都没睡好，等会儿你看到我黑眼圈，不准笑！"

突然觉得口中异常燥热，昨晚搁在案台上还没喝完的啤

酒索性又被我咽下几口，分外苦涩。指尖对着宽大的手机屏划了几笔。

"等会儿见。"

"好的。"

短信发出的图标刚消失，新的一条图标便又出现。我怀疑连芸是不是已经猜到我要发什么，她提前写好以待时机。

连芸是我的女朋友。

我们在大学认识，她读音乐系，家境优渥，父亲是文联领导。她比我小两届，长卷发，声线清新，性格活泼。她站在我面前时，身上栀子色裙摆在风中微微抖动，明丽的笑容好像洁白的花，无论何时都会发出晴天的光。在一次校园画展上，她很欣赏我的作品，执意要认识我，说要在我这儿学习绘画。后来很自然的，连芸常来找我谈笑，或者让我教她画画。她总是背着一个画板来到我面前，拉着我的衣角，不时撒起娇来。后来不知是被连芸搞得没辙了，还是自己慢慢接受她了，连芸不知不觉间就成了我的女朋友。她深爱着自己的男孩，不停地发短信、煲电话汤，在深夜刮风的宿舍走廊上，她清甜的笑声像窸窸窣窣的虫鸣。她说，项南，你要快乐，我做你女朋友，最想要的就是你的微笑。

可是很多次，我只是在电话那头沉默地站着，一阵一阵的风从耳畔吹过。

我对连芸的好感其实有点自私，或许是因为她的名字与我的过去有着某些联系。

遥远的莲云山，在这座城市的南端，终年被云雾环绕，而连芸对那儿一无所知。

有时，我对连芸的冷漠是说不清的，自己都琢磨不透。或许是来自不断疯跑中的阳城，白昼的车水马龙，深夜吧台的纵情狂欢。一切都在挑衅我廉价的身份，我不甘匍匐在别人的目光之下，我相信自己的画工不比阳城的其他画师差。但每每到画廊、展厅自荐画稿时，得来的总是一群人的白眼。我讨厌这种感觉，便常告诫自己，被人否定一次，便更要努力一次。

不愿成为大世界里渺小的角色，纹络如刻的掌心一定要挥毫运转自己的走向，如墨散开又聚拢，我要画出自己的世界与明天。

基于平日对连芸的愧疚，想填补两个人太多的空白，我说，周末带你去看一座山，与你名字谐音的山，莲云山，在阳城的南边。她笑着点头。

莲云。突然之间似乎变得异常遥远的名字。

常常想到耳朵里住进的声音，应该来自这里。


秋末，天空愈发高远，光线在树梢间停靠，投射下岁月的锈斑。枝丫上停留着寒鸦的啼鸣，叶子焦灼落下，在古街的青石板上翻转，进行最后一丝反抗。

黑瓦白墙的溪舟古镇自小便是我生命中的家园，我在纸上所作的图景，其意境都取自这儿。街巷上孩童在道路边嬉闹，偶有一些野花耐住寒气与寂寞在角落里开着，一点点红，一点点黄。女人们提着篮筐从远处的石桥下走来，脸上都是清淡的笑。篮筐里是自家的印花衣物和一些床罩被褥，满满地提在手中。

青山如织，却在袅袅雾气里望不清面目。一些云鹤从雾中飞出，斜斜滑入更高的山顶，若逝去时光找到归处。

连芸跳起来，欢喜地指着前头问我："那就是莲云山了吧，好美。"

我微笑地点点头，她这下笑得更为灿烂。

已是傍晚，我们便找了旅店住下。老板是和气的中年男人，我们一进店，便叫伙计从我们肩上取下行李拿进客房。我特意交代伙计要轻放物品，他低头应了声："好。"看他样貌，隐约间有些熟悉。稍后过些时辰，老板便亲自端上一桌酒菜，嘴边念叨："都是乡野菜肴，比不上你们大城市的山珍海味，勉强吃些。"

我看着老板，那是个谢顶的中年男人，即使戴着小帽也难以掩饰他发光的头部。我说："我是从阳城来的，但我其实是从这里走出去的。"

老板嘴角僵滞一下，尴尬笑着："您说笑吧。"

"不骗你，我来自这里，溪舟镇。"

连芸没顾及我们说话，夹了些排骨、鱼块到我碗中，然后突然感觉到了什么，惊讶地看着我。

店中的伙计此时从客房下来，在楼梯口望着我，若有所思。

他是个消瘦的男子，不高，眼神透出坚毅的光，似乎能驱散山顶终年不散的雾气。

客房很是素雅，木质的雕花床、柜子、梳妆台和衣架，镜子擦得很干净，一丝水渍也没有。案台靠窗，黄昏锈色的余晖射进来，会把屋内浸染得更为静谧。向远望去，便是莲云山，它外围永远披着一件拆卸不下的雾色帘幕。

连芸靠着窗，托起脸颊问我："项南，我这样像古代女子吗？"

我笑了，说："笨蛋，古代女子哪来的卷发。"

连芸见我微笑，嘟着嘴说："她们拿钳子烧热后烫出来的不行吗？哈哈，你其实就应该多笑笑，这样才帅啦。"

我这下脸色故意又沉下去，她也不看我了，自顾自地用手摸着窗沿，好像触摸到了很新奇的东西，又叫住我："项南来看啊，苔草，苔草！"

柔软得像毛发一样的植物，在雨后茂盛生长，伸手摸去，湿润的露水落入掌中。

"这地方常下雨，所以青苔很厚。"我对连芸说。


潮湿而鲜绿的苔草也常在我梦里出现，伴随而来的总是那种模糊而旷远的声音。

峰峦青翠如黛，山脚下是悠长而深邃的河流，静静流淌，仿佛玉似的长带环绕着远山、旷野和墨染似的点点村落。

村上栽植丛丛桑树，叶片嫩黄，是初长时的模样，风里起伏不息，若一方油翠的原野。那深处似有笑声而来，乌鹊啼鸣，伴随枝叶相互敲打的声响，一点点靠近，银亮得恰似白花点缀于草叶间，发出细碎的光亮。是年少的颜色。

那少年又从河边撑船而来，支开两旁低垂的柳荫，神情怡然，渐渐露出清晰的笑容。

白瓷般的面颊，没有一点杂质，是世上最洁净的脸面。

他抬起头，用手臂遮住北部天空投来的光晕，然后转到另一侧，便瞧见了我。

他唇齿微启，在风中要发出第一个音节。

"你——"

耳畔被一阵女子的呢喃催醒，是连芸靠在我的额头边，她说："项南，我突然睡不着，想和你说话。"

　　一个将要在梦中掀开的谜又变得无比遥远，我说："你是不习惯这里吧？"

　　她摇头："才不是，是因为第一次离你这么近，太兴奋了。"

　　我对她轻轻笑了笑，随即翻过身，想着其他事情。

　　此时客房外有人走动，一道迅速躲闪的影子打在糊纸上。连芸害怕得抱紧我。

　　"没事，或许只是野猫从房顶蹿下来，我去看看。"我对连芸轻柔地说，她松开手，又抓住我的衣角，然后慢慢放开。

　　我轻轻走到门边，往外探出身子。月凉如水，点点微寒。树在风中随意摇摆，时而掉下叶子落在走道上，不像有人走过。我放下多余想法，深呼吸了一口，准备回头关上房门。

　　这时楼梯口亮起灯来，昏黄灯光下，站着他——白天帮忙放置行李的伙计。

　　"项南，怎么了？"连芸见我僵滞在原地，便问道。

　　"没什么，突然想去卫生间。"我解释道。

　　连芸开了房内所有的灯，说："那你去吧，我不怕的。"璀璨灯光中，室内充满黄昏一般的色彩，连芸站在床边，穿着白色宽大的睡衣，傻傻地笑着。

　　我便下了楼。

　　伙计见我走来，没有躲开，反而走向前来，双手置于身后。

　　他微笑着，声音微小，说："你看到我，有没有想起谁？"

我迟疑了一下，摇摇头。

他把自己清秀的脸颊靠近我，嘴角依旧带着笑意，说："真的没印象吗？"

我感觉到什么，但脑中很快又闪开那影子，便再次摇摇头。

他低下头，良久过后，又重新抬起来，略带失落地说："项南，这些给你。"

随即，他双手渐渐从身后抽出，白皙掌心上握有削好的洁白山药，玉石一般清丽。

那个梦境中撑船而来的身影，似乎永远看不到面目的少年。

那个唇齿微启，顷刻便要发出谜一样声音的人。

来自这儿？

他没任何回应，转身走开。

我怔怔地看着他离去的身影，手里捧着洁白的山药。

"项南，这些给你。"耳边回荡着这句话。

## 二

树下即门前，门中露翠钿。

开门郎不至，出门采红莲。

采莲南塘秋，莲花过人头。

低头弄莲子，莲子清如水。

# 【春岸】

恍若一夜间泻下,莲云山脚的河水注满所有与生长相关的年岁。那些于水泽绽开的小花,也是一夜间被催开花骨朵的,一朵朵白玉般剔透,周边松泥筑成的堤岸缓慢往后倒退。

在高墙上随风舞蹈的花枝、翠叶被风拂出沙沙声响,院落间恣情盛放的水仙相互抚摸花瓣,似不舍不弃的恋人。一切都被时光擦出美的痕迹。

这座终年被大雾包围的山峦,这条淙淙流淌的河流,这一张少年青涩的面孔,一双清澈的瞳孔,在现实的转弯口揪住我,带我往记忆深处蠕动,濡湿我所牵过的衣襟并紧紧黏住。

李君那时从山上下来,跑到我身后,趁我不注意,扑过来用双手遮住我的眼睛,用变调的声音吓唬我:"我是山里的妖怪,现在要吃掉你!"

我笑着掰开他的手:"李君,你别闹,我知道是你。"

李君搔搔小脑袋:"我已经装得够像了,怎么你还会知道?"

"因为……"我顿了顿,然后伸出手往他额头轻轻弹了一下,"我能听出你的声音,无论你怎么改变。"

"那长大以后,如果我们都离开彼此,有天碰到,你还会听出来吗?"李君眨着眼睛认真问道。

"当然！"我得意地继续说道，"我的耳朵会永远记住你的声音。"

少年时内心还像花朵一般柔软，不知海角与天涯的距离，不知今夕明朝彼此又将置身何处，只是类似"永远"这般年少轻易脱口的言辞给了不确定的将来一个暂且幸福的寄居之所。

李君慢慢从我背后走到我面前，拿起颜料还未干透的画纸轻轻晃动着。

"项南，你会一辈子在这里画画吗？"他看着画纸随口问道。

"傻瓜，我们都要长大的，没有什么会是一辈子。"我甩了甩手中的画笔，朝他笑笑。

李君的声音显然变得低沉，问："那我和你呢，是不是也会有一天离开彼此去不同的地方？"

我愣住，不知该怎样回答，看着李君有所期待的目光，只是笑了笑，然后从一旁包里取出新的画纸，往画板上铺开。

有时候沉默可以代替一切答案。

李君，你知道吗？


李君是我七岁时最好的玩伴。

那年父母带我去外省旅游，在途中，暴雨冲刷世界，一切面目变得愈发模糊。火车意外追尾，我压在父母渐渐冰凉的身体之下。不知过了多久，我在磅礴的雨声中和血色的湖泊里被人抱出。当我清醒时看见已无声息的父母，愣愣得像个哑巴，喉咙努力发声却无法打开。最后泪水汹涌起来，不停地大声哭喊，使劲挣脱那双环抱住我的陌生手臂。

眼前年轻的父母，永远沉寂地睡下。

叔叔将我认领回来后，因种种原因无暇照顾我，便决定将我送到莲云山脚的溪舟镇。

他说："小南，这里是你爸爸跟叔叔长大的地方，算是你最初的家，你好好待在祖母身边。长大后，叔叔再接你回阳城。"

自那以后，我似乎成了这个世界的孤儿，无法感知到自己的存在，沉默充满我的世界，每一天总像宇宙毁灭前的阴天。独自蹲在阴天角落里呜咽的孩子，细小的声音，谁听见了？

来到溪舟镇后，没有小朋友愿意陪我这个陌生又孤僻的孩子玩。我经常来到河岸，握着父亲生前送给我的画笔对着莲云山画画，幻想有一天自己能拥有卓越画技，把一切都画成真的，让身处其他世界的父母也能看见。

祖父那时也已过世，只剩祖母照看我。她身体逐渐衰落，面庞像树皮一样干枯。祖母常常抱着我，在日落的河岸边，看层林被烟霞浸染，鸥鹭翔集于兰泽之上。有时她会哭起来，然后从衣袋里抽出一块褶皱的手帕擦眼泪，年老在她黯淡的

眼眶里一览无余，这是生命接近终点的信号，一点点闪出最后的余光。

她说："小南，如果有天阿嬷走了，你也能好好照顾自己吗？"

我嘟着嘴，假装生气的样子说："不准阿嬷这么说！"

祖母强忍眼泪，笑着说："小南，阿嬷只是说'如果'啊。"

我抱紧祖母抽噎着说："'如果'也不行！小南绝不让阿嬷走，阿嬷会长命百岁！"

祖母用手安抚我的脸颊，又摸着我的短发，眼角皱纹眯了一下，说："小南是个男孩，要坚强。无论哪天身边有谁离开了，也一定要照顾好自己，知道吗？"

春日的雾水，绣着细小潮湿的针脚，在余晖残照的河岸上，她眼眶顷刻红透。

我轻轻咬着唇部，点点头。

李君是在另外一个黄昏里见到我的。那时，我在河畔收拾画板准备回去，他从柳荫中撑船而来，流水摇曳出斑斓的花纹，一圈圈随风荡向远方，无数只细长如草根的水蜘蛛从水上轻巧掠过。

他跳下船来，来到我面前说："我好几次在远处都见到你在这画画，你画的是什么？能给我看看吗？"他边说边用手指着画板。

我说："可以，但我很快就得回家了。"

他拿过画，一张张摊开，迅速看了一眼，又一张张收好归还我，说："这些都画得很美呢。对了，你住在这里吗？"

"是的，那你呢？"我问道。

"我也是，但我没有家，我是这个镇上的孤儿。"

河水沉默流淌，时间静静地从黄昏踱进黑夜。

丛丛草叶后传来糯脆的老人声音。祖母站在远处房屋下，唤我："小——南——"

寂静的莲云山也像有回声一般回响着："小——南——"

"对了，我叫李君。你呢？"

"我叫项南。"

"再见。"

"嗯。"

少年敏捷地跳上那艘旧船，撑着破损的橹棹渐渐远去。我能看见他清秀的身影有一刻的停顿，站在船板上，伸出细瘦的臂膀，向我挥手告别。


"我是这个镇上的孤儿。"

李君，你是不是知道我其实也和你一样，是这世界的孤儿，所以一开始你就和我这么说？

我们的气味闻过去是那么地相像，孤单又落寞。命运给我们设计了不幸，还会给予我们宠爱和眷顾吗？

　　之后每回我在河边写生时，总会遇见李君。他笑容清澈，瞳孔里尽是流水般的干净，没有一丝阴暗杂质。

　　他说："项南，你伸出手来，有个东西给你。"

　　我放下画笔，递出掌心。他从背后抽出手来，手背蜿蜒着青色的筋脉，在薄薄的皮肤下凸起。手上握有几根已被削去外皮的嫩白色食物，发出清甜的香气。

　　"项南，给，这是我晨起时到山上采的。"

　　"是什么？"

　　"山药。"

　　我捧到鼻翼前闻着，一股清新怡人的味道。白如玉石的花草，在这青山绿水间闪出柔软的光芒，若高空中巨鸟飞落的翎羽，降入凡尘，一丝一缕，如风中不断散出的青烟，抚慰着每个人心中的伤。

　　祖母闲暇时，我问过她关于李君的事。

　　他父母是溪舟镇上平常的农户，早年在家耕织为生，生活虽不富足，但也过得安稳。但有天听到风声，说有人到阳城卖山药赚疯了，而山药在莲云山上就是普通植物，漫山遍野都能采到。这下夫妻俩决定先带上部分山药进城看看，并把李君交给村人照看。后来不知过了多久，两人音信全无。

镇上有人说李君的父母因卖山药的事与城管起了争执而被关押，也有人说他们挣了些钱回来途中被匪徒盯上而毙命。那时李君不满六岁，整日在村中奔跑，哭喊着父母。村人见他可怜，便把河边一艘旧渔船交给他使用。

李君就此住到船上，成为溪舟镇上最孤单的孩子。他心性善良，年纪小小常帮村人渡河、捕鱼或是采山药，宛若河流上流淌的清波，镇上老人都喜欢他。

"这孩子，可惜了……"祖母讲完李君，眼角湿润起来。她从兜里掏出绣花手绢擦拭，然后看着我，说："小南，你不要难过，你还有阿嬷疼。"

李君，我们身上是不是都有一根黑色的刺芒，别人永远看不到，它扎在我们心里，生出硕大的疼痛，不断催促我们在离开被人疼惜的目光以后更为坚强地成长。

"项南，我不难过了，我已经习惯了很多黑暗的时光。"

这是李君站在莲云山山顶时对我说的，那时他还用手指着弥漫在山中的雾气说："总有一天大雾会消散的，项南，你相信吗？"

我点点头。

那是我第一次爬到莲云山 900 米高的顶峰。云层环绕，镇上房舍隐隐现出细小的点，道路上的车马已看不到，视野里是升腾的云烟，恍若仙境。我跳起来，用脚板叩响这座平日只能遥望的笔下山脉，叫着："看，看，那是鹰吧，飞得好高，是飞向北部的天空去了。"

李君没有说话，像最初在河边时一样，他站在我身后，伸过手来，清凉的手指蒙住我的眼睛。他说："项南，我不想让你离开。"

柔软的手指轻轻遮在睫毛上，飘出他手中山药残留的芬芳，一点点浸入我的身体，成为生命里不会忘记的气味。

我说："李君，我会一直站在这里。"

他笑着又一次松开双手，放在嘴边做着喇叭状，对山喊："项——南——"

"项——南——"

……

一遍一遍，是山的回音。

## 三

置莲怀袖中，莲心彻底红。

忆郎郎不至，仰首望飞鸿。

鸿飞满西洲，望郎上青楼。

楼高望不见，尽日栏杆头。

# 【夏别】

清晨，苔草愈加繁茂。在南方，秋日并不意味着万物需要一一作别。许多葱绿植物依旧占领枯槁岁月。

屋檐滴下露水，清脆落地，那声音仿佛能被清晰数出。可有些故事，有些迟迟无法放下的过去，是睡着了，还是又渐次苏醒？

我忘记昨晚自己如何睡去，脑中嗡嗡鸣响，年少深处的画面不断被抽出，又被撕裂开。

突然起身，打开包里的画板，从夹层里慢慢取出那张已经泛黄的纸页。

"唰——"，画纸在案台上铺开。

连芸此时被声音弄醒，在床上侧了侧身体，看着我。

我见她醒着便又匆匆收起画纸，迅速放回画板里。

"项南，那是什么？"连芸在我背后慵懒地打了个哈欠问道。

我心里惊了一下，问："你说的是这画板里的吗？"

"不是，我是想问桌子上那几根白色的东西。"

"哦，是山药。旅店的伙计送的。"

"啊？他送的？你认识他？"

我愣了一下，转过身，对连芸轻轻说："有点印象，但不太记得了。"

　　"项南，如果有天你离开了，多年以后还会记起我吗？"

　　"嗯，会一直记得李君的。"

　　"真的？"

　　"真的。"

　　年少说出的话被时间啃噬得影子都不剩。


　　李君，原谅多年以后我不能一眼辨认出你的模样。我不知道当自己再见你时为何内心竟是如此冰冷。

　　时间是不是改变了我们什么？或者，仅仅只是我变了。而你，还是那个在往事里荡漾的清澈少年。


　　夏清漪是在那年初夏，同她爸爸一起来到溪舟镇的。

　　他们来自阳城，她爸爸是个植物学家，戴着黑框眼镜，脸上严肃，看上去是个很沉闷的人。每次上山考察时他都要背上一大堆包，里面装着放大镜、《植物百科》和一架单反相机。

　　清漪不喜欢和她爸爸去深山，所以我们常在小河边碰到她。

　　那时我和李君都十岁，清漪九岁。但清漪却和我们一般高，长得也漂亮，梳两条羊角辫，大眼睛，长睫毛，脸上和她爸爸不同，她总是笑，声音又甜。

李君第一眼看见夏清漪的时候，就偷偷和我说，溪舟镇没有哪个女孩子会比她漂亮。他说完，脸上一阵通红，像飘荡在莲云山上空的云霞。

清漪常常在河边看我画画，有时帮我清洗调色盘，或是为我装来清水。那水清清洌洌，溅落到鼻翼，能闻出甘甜的味道。画笔浸在其中，如一朵饱满的牡丹，不断绽放、散开，粗细不一的线条又延伸组合出各种柔软的斑纹，如同那时我们还无法说清的未来的形状。

清漪问我："有人教过你画画吗？"

我捏着画笔朝空白的纸张一点点落下，说："没有。"

"那你以后可以到阳城去，我爸爸认识很多画家，他们可以教你。"清漪得意地说。

我摇摇头，说："我不会去阳城。"

"为什么？"清漪有些失落地看着我。

这时李君的船已经靠岸，他从船上敏捷地跳下来。清瘦的身体在水上闪过一道明亮的影子。

"清漪。"我轻轻在清漪耳边说，"千万不要在李君面前提起那座北边的城市，记住。"

清漪好奇地朝我看看，又把目光放到李君身上。

她不会知道少年身上那一条流淌无尽悲伤的河流。

李君笑着，邀我们上船，然后他摇着橹杆带我们渡河去对面的莲云山玩耍。我们漫山遍野地跑，呼喊着。缭绕的云雾中，世界不曾有过的清明，感觉时间无边无际，感觉我们都在梦中。

有时遇到夏日突如其来的滂沱大雨，脚下松散的泥土和一些石块就会被流水冲到山下。冰凉的雨水顺着莲云山的山体倾泻滑下，更显阴冷。我们跳跃在潮湿斑斓的落叶丛中，看各色野花欻然落下，溪流迂回转折，无可抵挡。

"雨水真的能冲刷掉一切，包括过去吗？"

淋湿的面庞上，有个微弱的声音被风吹远，我们都没有听清究竟是谁在说话。


河中莲花摇曳，葳蕤生光，鲤鱼不停地跳跃其间，涟漪一圈圈荡去，仿佛无数双模糊的瞳孔看岸上柳枝间抖动的鸣蝉。又有谁想到瞬间之后的消失。

清漪是在夏末离开的，临走时她来河岸，朝着河对面的莲云山站立许久。她没说话，只用手扯着垂到两肩的羊角辫。它们在女孩的手上渐渐憔悴卷曲。

我当时在她身后，试图叫她，后来又阻止了这种想法。

人在悲伤之时需要足够的冷静，想清楚了事情，也就不会那么悲伤和忧郁。

是她先转过身的，她问："项南，你那天究竟画了谁？"

我笑笑："以后如果再见到你，我就把谜底告诉你。"

她摇了摇头。

我走向前握住清漪的手："不管我画的是谁，你们都会留在我的生命里。画上的那个留在纸上，没画上的那个留在心里。"

清漪笑了，眼睛却湿红一片，抱住我："项南，我不想离开你和李君，不想离开这里。即使回去了，我还会不断想起你们和莲云山的。做梦都要来这里。"

我伸手擦去她脸上的眼泪，这是幼年时我们最干净的安慰。

如果没有那天，李君应该也会来河边为清漪送别。但是很多事情发生之后就像射出的箭无法挽回，时间是残忍前行的巨兽，带着冷漠的眼神。

那天，清漪走来，穿着粉色的连衣裙，慢慢向我靠近，脸颊绯红一片。

她羞涩地喊我："项南，我有个东西给你，不过你要把这个东西给……"她停住，又凑到我的耳边说了两个字。

在她说话的时候，我心里发出一阵剧烈的声响，像什么东西炸开了。

啊？我讶然地看着清漪。她的小脸愈发羞红，眼睛朝我发了一下光，便转过身不再看我。

李君在远处驶来的船上看到了我们，他很快靠岸，甩了一下橹棹从船板上跳下。

清漪对我使了个眼色，我很快把信纸夹进画板里。

李君看了我一眼，显然不太高兴，他的目光和以往不一样，但又无法形容是怎样的一种低落。我不知道他是怎么了。

清漪对李君笑着说："过些日子我爸爸就会结束在这里的考察活动了，到时可能就见不到你和项南了。"

"清漪，你要走？"李君的眼神更加失落了。

"嗯。要不临走前让项南给我们画张像吧。"清漪说完，看着我。

心里不知是被什么触动到了，有些疼痛，无法拔出，像刺一般扎在神经上。

我轻轻地说："好。不过……"嘴角停顿一下，"颜料有点不够用了，大约只能画你们其中一个。"

感觉河畔突然间寂静下来，听不到水声，也看不到青碧圆盘上莲花的摇曳，只有柳枝上蝉翼抖动出的声响愈发响亮。

我们的表情僵住好久。终于在清漪的说话声中打破。

她依旧笑着，说："项南，那你就画吧，我和李君都摆好姿势，你画哪一个都行，不过先不要告诉我们你画的是谁，等以后你再说出来。这样的游戏不错吧。"

我点了点头，而李君闷闷地没有说话。

都是一张张少年的面孔，在河水的映照下似乎永远不会褪色的脸颊，那样清澈的眼眸，干净如岸边生长的兰草，散发出清怡香气。

画完后，未等颜料风干，我便将画像压到纸板之中，像一个少年时被合上的谜。什么时候揭开，永远不知道。

后来是李君先离开的，他没再看我和清漪，一个人跳上那艘旧渔船，向河流深处划去，成为比雾还朦胧的男孩。

我那时并不知道十岁的少年是什么时候开始懂得爱的。也已经渐渐忘了当自己要去溪舟镇北端的阳城时，李君脸上究竟是不是哭了。

在清漪离开后的一年里，我和李君之间砌进了一堵墙，两个人都不怎么说话了。有时我在河边画画，他也只是在远处观望一下又走了。我蛮想开口叫他，但声音还没冲出喉咙又吞了回去。心里有两个鬼在打架，我永远不知道他们之间是谁赢了。

那一年，祖母突发脑血栓，在一个安静的夜晚离开了。

那一晚星星很多，我的世界灌满孤单，不再有谁抱住我唤我的小名，不再有谁说自己还有人心疼，不再看到那张伴我长大的年老而慈祥的脸，不再……我成了真正的孤儿。我跑到祖母房间里，坐在她的床边，拼命哭喊，试图摇醒她，而她仿佛依旧在沉睡，平静而淡然，仿佛预知自己终究会到来的死亡。

那一年，我很少说话。叔叔回到溪舟镇，他把祖母安葬后，又托人把老宅转卖出去。当一切事情被安排妥当时，他轻轻拍着我的肩膀，说："小南，这些年你长大不少，是时候让你重新回城了。阿嬷的事，也不要难过。很多人来了也是会走的。"

很多人来了也会走的？是不是就像自己和溪舟镇之间的关系？原来生活了四五年的地方，始终也不是可以叫作故乡的地方，一直以来，包括父亲、叔叔以及我，也都只是它的过客。土地给人无尽的保护和慰藉，到头来，终抵不过时间或者物质带来的考验。故乡一直在心底流浪。

是不是只有祖辈那代人才算是有纯粹故乡的人？他们的身体融入土地，灵魂永远在这里盛放，同花草山水一样成为不会消失的标记。沿着这些标记，身陷迷途中的人偶尔才能找到回家的感觉。

离开溪舟镇的那天，我带着画板和清漪的信又跑到河边想看看李君。等待许久，也不见他，只有眼前山水还如昨日一般熟悉，我挥手朝它们作别，然后灰溜溜地回去。

望着车窗外不断闪动的风景，我也能感受到那年夏天夏清漪离开时的心情，是有多么的不舍，她应该是挂着满脸的泪水走的，而不再像往常那般笑着。我突然想叫坐在前排开车的叔叔把车开慢点，刚一张口，表情就定格住了，最后还是放弃了这个念头。

该过去的一切总是要过去的，可是，心里似乎还在等待什么来挽留。

"项——南——"

那么熟悉的声音，从车后隐隐约约传来，又迅速消失，然后又变得渐渐清晰起来，随即又消失。

是李君！他拼命在车后追赶，不停奔跑，试图努力把我们之间的距离缩短，可是，被时间推开的河还怎能并流？李君，你怎么这么傻！

"项——南——"

车子越开越远，少年没再跑了，我始终也没回头。我只是在后视镜里看到他站在那里，站了很久，终于模糊成蚂蚁一般的点，即刻会消失却还固执地站在那里。我紧紧抱着信件和画板，喊了声："李君，再见……"喉咙像被人堵住一样。

他没有听见。


"项南，我有个东西给你，不过你要把这个东西给……李君。"

那天是不是一开始就应该告诉你，夏清漪藏在我耳朵里的这两个字？

这样，我们是不是都会好受些？

## 四

栏杆十二曲，垂手明如玉。

卷帘天自高，海水摇空绿。

海水梦悠悠，君愁我亦愁。

南风知我意，吹梦到西洲。

## 【冬离】

雨水不知何时入侵了阳城的冬天。在阳城以往的记忆里冬天并无雨。窗玻璃上落着不断斜坠下的雨点，远处是城市即将合上的阑珊灯火，寂静街道上打着空车灯的计程车疲倦地驶过。

已经是深夜时分。我一个人睡在寓所里，世界空空荡荡，又想起一年前带连芸回溪舟镇的情景，这下翻来覆去睡不着。

我现在的一切，包括住房、工作，甚至明天、未来，基本上都由连芸的父亲一手安排。毕业时，我决定在阳城工作，连芸知道后便央求她父亲托人把我推荐进市里的艺术馆，整日只坐在办公室里负责展厅字画的信息核对及展览的时间安排，十分清闲。房子也是连芸的父亲找的，说这里靠近市中心，交通便利，单位有急事的话也能及时处理。

我很感谢连芸与她父亲，但总觉得这一切来得太过顺利，自己心里反而缺些什么。

寓所的钥匙，连芸也有一份。她经常晃着手里的钥匙，朝我笑着，说："项南，如果有天你把钥匙丢了，一定要告诉我，我会及时来开门的。还有，如果你在房子里做了什么不好的事情，我也会看见的哦。"她仍是一年前的那个少女，可爱单纯，笑声清亮。

很多时候，她都会买来早餐，送到我房间。见我未醒，便在一旁傻傻看着，有时凑上来轻轻吻我一下又迅速跑去学校。

醒来的时候，雨还在下着。侧耳倾听，雨声如同小时候和祖母一起养的那些瓷白蚕虫蠕动在大片脆嫩桑叶上啃食叶子时发出的细碎声响。那些浸在雨中的记忆总使得一些过去的人近在咫尺。

连芸也在一旁，她愣愣地瞧着我，然后伸手刮了下我高高的鼻梁，说："你睡觉时的样子特别可爱呢，像小孩子。"

我朝她笑笑，便起身洗漱。

她匆匆吃完买来的三明治和豆浆，就先去上课了。

我穿上一件熨得有棱有角的衬衣，出门往地铁站走去。

路上，上班族的步子总是走得很快，像银行点钞机发出的声音，他们脸上表情冷漠，很像冬天。三五成群的学生穿着宽大的校服，推推挤挤奔跑着。车站里更是人山人海，现代文明就是从这样一个热闹的清晨开始的。

身旁西装革履的男人怀揣着公文包，一边看着今天的报纸，一边看着穿短裙丝袜的女孩，目光不安分地落在她的大腿上，然后喉管发出吞咽的声音。

女孩淡然地从烟盒里抽出一根女士香烟来，侧过脸拿出打火机点燃，一头漆黑长发遮挡住娇小白净的脸庞，烟的雾气绕过她低垂的睫毛。她像烟雾里一枚发光的月亮。突然间她转过头来，目光逐渐从我身旁的男人转到我身上，一瞬间又停住，并用手掐灭烟头。

她似乎认识我，欣喜地向我走来，笑着说：“你是……项南？”

我惊讶地看着她，发现这女孩竟然是夏清漪。她干干净净的长发搭在肩上，和那个久远夏天来时一样，眼睛明亮，还浸润着那年莲云山脚清澈的水波。

“清漪，你也在这里！真是越长越漂亮了。”我高兴地对她说。

她露出孩提时的笑容，狡黠地问我：“你工作了？一定跟画画有关吧？”

我勉强点点头。

"李君呢？"她问。

我哽咽住了，随后说："我也很久没见他了，你走后一年，我叔叔也把我接到了阳城。"

清漪继续看着我，说："你还记得吗？你以前说过，如果再见面的时候，你就告诉我你那时画的是谁，是吧？"

我顿时僵住了。

"好啦，别紧张。其实，我很早就知道你那时在河边画的人……是李君。如果是我的话，我跟我爸爸走的那天你就会告诉我了。"

清漪压低嗓音，凑到我耳边，用一种轻而郑重的声音说话。

"你为什么那么在意李君？"

我心里一下子像被安上发条，不断拴紧。

"因为他是我最……好的朋友。"

"真的吗，那我呢？"

"清漪，你也是……"

我不知道自己究竟在原地站立了多久，地铁车厢的大门似乎开启很多次，又关上很多次，身边人来人往。恍惚间清醒过来，发现夏清漪已经不见了，她像幻觉一样把我带向了很深的谷底，带向那个无法回头的年少。

之后很多天我都不去想自己是不是真的遇见了夏清漪，我宁愿那只是自己白天里做的梦，虽然梦境如此真实。

我试图把身心都放到工作上，主动请求整理近来的大量文件、报表、会议记录，甚至有时也开始给连芸打电话，对她说些无关痛痒的笑话。我想用现实驱散过去。

屋外冷空气钻入毛孔，墙角花枝大多枯萎了，剩下败落的面目，让人感到冰冷。这个冬天，总感觉有什么正靠近自己。

那个陌生的号码终于出现在手机屏幕上，不断闪动，我按下接听键。

听到电话那头传来略显薄弱的声音："项南，我是李君。"

号码是我给他的，那日在溪舟旅店里，他送我山药，我一下子认出了他。就在他转身离开时，我上前拉住他的手。

我说："李君，你怎么在这里？"

他略显忧伤地回答我："项南，我一直不都在这里吗？我不像你们，我不会离开溪舟镇。"

我半晌没说话。

他又看着我，说："那女孩是你女朋友吧？"

我点点头。

"好好珍惜。"

"李君，我……你……你的那艘船还好吗？"

"你们走之后，那船也都不能用了。有一位老人把我介绍到这家旅店，我就一直在这干着，老板对我也挺好的。"

他的脸颊露出的还是少年时的微笑。

时间确实隔离了我们，所以当彼此相遇时也变得陌生。我不知道自己该怎样和他说离开这里后自己在阳城过的日子，我无法和他说每日封顶的高大楼房、车马如水的柏油马路、夜夜笙歌的娱乐场所，以及消颓萎靡的大学生活，那一切离他都那么远。

良久过后，我只是从兜里拿出一张名片给李君，说："如果有天到了阳城，就打上面的号码，我一定来接你。"

他点点头，然后笑着，转身消失在夜色中。


火车站拥挤的人潮不断向我涌来，我翻看手机四处寻找李君说的位置。

他安安静静地站在西面一个破旧的出站口前面，伸出双手呵气，模样没变，还是记忆里那个清澈的少年。

我快速走过去，在靠近他的时候突然又放慢步子。李君看到我了，很高兴地朝我挥手。

"到我寓所去吧。"我一边拿过他的行李一边对他说。

他摆摆手："不用了，我要回去。"

"回溪舟镇，还是回莲云山？你不是刚到吗？"

"不是的，项南。其实，我已经来几天了。我就是想看看这座让你们都这么舍不得回去的城市究竟是什么样的。现在，我看到了，我想自己是时候回去了……不过，临走时想看看你。项南，我一直都……"

"李君。"我打断了他的话，害怕那"一直"后面会跟着……那是我无法对他提及的。

"我们先到临近的地方坐坐吧。"我提议。

李君点点头，还是一脸明朗的微笑，但那笑里有失落。

我请他到车站附近的咖啡馆，其间我边喝咖啡边聊起这座城市的发展、自己的工作、住房的紧张、喧闹的街区，而他只是沉默地看我搅拌着咖啡，他面前的咖啡一口没沾。我意识到这些话题离他很遥远，于是便又聊起火车、溪舟镇、莲云山、童年，甚至聊到连芸。

李君脸上突然没有了笑容，目光不断抬高，聚到我脸上，说："项南你知道吗，莲云山的雾气到现在还没散去，你以前说不会离开溪舟镇，不会离开……我，而你现在——还会回去吗？"

"李君，我们都长大了，不再像以前那样了。很多东西已经回不去了。"

李君没有说话，目光变得黯淡。

"本来今天想接你到我住的地方去的，有个东西其实很早就想给你了。"我装作不经意地说。

李君脸上又有了笑容:"我知道,是那张画吧。"

"你还记得?"

"嗯。一直记得。"

"对了,李君,我要告诉你一个秘密。"

"项南,我也要告诉你一个秘密。"

咖啡馆墙壁上优雅的石英钟顷刻间似乎停止走动,喧嚣的人声也渐渐听不到了,世界像凝固了一样。

"李君,其实清漪那时候喜欢的人是你,她要我把一封信悄悄转交给你,可是……我……"

"项南,我知道……那天在旅店放行李的时候,我打开了里面的画板,所以……我……也看见了那张画像……原来你画的是……"

是梦中的少年,在袅袅云雾中撑长篙翩翩而来。

山峦寂静,如同匍匐而睡的巨兽,落下安然的鼾声。

莲叶下晃动着涟漪,那漂来的渔船上一个身影渐次清晰。

船橹撑开的柳荫——倒退,镜子上清澈的倒影呈现出瓷般光亮。

他唇齿微启,在风中要发出第一个音节。

"你——"

# 冷雨扑少年

南方春末，天阴微雨，仍有些冷。

我到友人赫华家里小坐，喝了一杯他泡的红茶，心头顿时热了起来。

这味道让我想起高中时候，学校附近有一家台湾奶茶店，招牌茶就是古早味红茶，那时我总跟赫华去，多半是他请我。

赫华说："也是后来才知道你现在还在重庆念书，以前总觉得像你这么宅的人死也不会出福州。"

"山城雾很多吧，习惯那边的天气和饮食吗？正宗的火锅和小面味道怎样？我听说他们除了放辣椒还喜欢放一堆花椒，所以特别麻辣……"他面对我，似乎有很多问题，问也问不完，最后他在我的个人问题上停下来："都好几年过去了，还是一个人吗？有没有对象？"

我抿了一口茶，看着赫华，笑了："没有呢，平常都在看书，所谓'人丑就该多读书'，哪像你长得这么帅，一堆好看的女孩子都会主动敲你家的门……"

"咚咚咚——"赫华家的门这时被人敲响，我惊讶地张大嘴巴，心想这也忒诡异了吧。

赫华过去开门，门口站着一个快递员。我舒了口气。

"哦，是一封邀请函，要我去当嘉宾。一档小节目。"赫华一边看着信一边走过来跟我说，并故意幽默地摆出一种不屑的神情。

他见我杯底已空，连忙又续上茶水，深色的液体在杯中滚动着，冒出一些气泡，最后平静下来，真像我们逐渐失去的青春年华。

"这些年你好风光，老听一些高中同学提起你，比如上了哪家电视台的选秀节目，又参加了哪个相亲节目，哦，好像你连职场节目也去了，对吧？"我说道。

赫华拿捏着脸上的表情，平静地看着我说："对，现在啊，我就差带个娃上电视了。"随即他自己没忍住也笑起来。

"但你知道的，当初的我可是个大胖子，没人理睬，总被人嘲笑，还连累过你……"

原本欢脱的气氛突然被赫华的这席话浇凉。

此刻，我透过眼前赫华这张俊秀的脸，努力回忆当初那个头和脖子连在一起的男孩，也顺带着想起那时候的自己。

我们两个人都在看着藏在彼此眼里的故事，没有说话。

高中时，我十分瘦小，加上声带没有发育成熟，常被同龄的男生嘲笑，给我取了许多绰号，在此就不一一列举了。

有一次我放学回家，一群校服穿得歪歪斜斜的男生在学校附近的公园里打牌。我碰巧路过，装作没看见一样走开，却被他们注意到，立即跑来堵住我的去路。

我脸上没有表情，早已习惯他们无趣的行为。但这一次，却感到害怕。这帮人里有一个头发染得像鸡毛掸子的人，平日喜欢抽烟、打架，还爬过女厕窗户，是年级出了名的不良少年，他看我的眼神怪怪的。如果当时我有本事，一定戳瞎他的眼睛。

"鸡毛掸子"先站出来，随后他的一帮小弟也像牛鬼蛇神似的从四周围上来。我后退几步，呀，竟然没有路了。没办法，我就像平常被狗穷追时那样蹲下来。"鸡毛掸子"学着黑帮片的老大，手向下一挥，臭崽子们都打了鸡血一样扑过来。

我的天顿时黑下来，心想这时谁要是跳出来救我，我一定天天请他吃饭。

"你们干吗？！"背后突然传来一个浑厚的声音。我感觉自己有救了，内心由恐惧到充满生机。臭崽子们立即闪开，我看到的是一个身形像塔一样的男子矗立在我前方，我轻轻拍了拍胸口，呼出一口气，太棒了，这人模样富态得很，瞧过去铁定是个不愁吃的，我以后就不必请他吃饭了。

出手救我的人正是赫华，那年他是一个身高 174cm，体重超过 160 斤的胖子。人高高大大的，活脱脱一龙猫。他一声怒吼，震慑住了那群乌合之众。随后，他们都知趣地撤了。

他们人多，其实并不怕单枪匹马的赫华，但他们怕的是赫华的舅舅——我们学校的教导主任。

那天的相遇，使我和赫华成了朋友。

赫华虽然是胖子，但他眉清目秀，一点都不丑。

有时我在想，如果赫华有一天变瘦了，或许比当红男明星还帅。但每次从药店经过，面对他在体重机上测下的数字，我对他不再抱有希望。

发呆时，我总是想很多奇怪的问题。在面对是否要与赫华成为真正的朋友时，也犹豫过，根据"肥胖传染病"原理，我觉得这很危险。

但后来还是经常跟赫华在一起玩耍，因为他对我太好。

有一年夏天，台风过境，风雨大作。当时我在赫华家做作业,我们的家离得不远,我想回去,却被赫华和他妈妈留下,说风大,电线杆、广告牌都不牢固,路上不安全。我给家里打电话,妈妈也同意我在赫华家过夜。

那是我第一次留宿于亲戚以外的人家里。虽然跟赫华早已熟悉,但心里还是紧张,像一个欲开欲拢的抽屉。

赫华家是一栋已住了多年的小别墅,三层楼,院子里有假山水池,墙上藤蔓缠结,青翠繁茂。赫华妈妈供职于一家报社,家里装修素雅,挂了些字画,木桌上摆放着茶具、话梅和水果,窗台上的玻璃瓶中插着这两日折来的栀子花。房中空气不闷,且还有余香。

晚上洗完澡,我穿上赫华平日多置的睡衣,虽然衣服很大,但很舒服。之后我和赫华躺在床上。他白白胖胖的,像另一张床,叠在席梦思上。

那会儿还不到10点,赫华家就熄灯了。窗外雨仍下得猛,风吹得树枝摇晃,并发出怪异的响声,从窗户的缝隙里挤进来。

我们还未入睡,我问赫华:"外面的世界像不像末日到来?"

他说像。

我又问:"如果明天末日到来,你会做什么?"

他没回答,只笑了一声,叫我躺好,休息。

我习惯把手放在胸前睡觉，他又起身把我的手轻轻放下来，轻轻地对我说："手那样放，容易做噩梦。"

随后我和赫华都睡着了。

台风在后半夜过去了，雨小了很多。花树阴影像鱼一样在窗边浮动。

我醒来，侧身，半边脸贴着竹席，目光望向窗外，很想高兴地告诉赫华台风过去了，但见他正睡得很踏实，只好将这话咽到腹中。

大风过去了，雨水却仍在滴落，打到屋檐上，落到植物上，滴到玻璃上，淅淅沥沥，我数着雨声渐渐睡着了。

如果明天末日到来，你会做什么？我会安静地等风雨过去。


高二上学期一开学，我去了文科班，各科成绩旗鼓相当的赫华自然选了理科。但一周以后，他竟然选择文科，来到我们隔壁班。

我那时很不解，几次问他，他都一笑而过。

赫华人很高大，加上是后来转进来的，班里在靠近卫生角的地方补了个座位给他。如果赫华不愿坐那，他可以跟班主任说而换一个好的位置。但他没有。

他很善良，但因为身材问题，经常成为同学课下的谈资、

笑点。赫华习惯了，不以为然。而我一点都不喜欢。原因有点自私，因为自己跟赫华走得近的缘故，同学一嘲笑起他就带上我，例如：

"一只猪经常带着一只猴去奶茶店，打两个人名。"

"高矮胖瘦可以友好相处的范例。"

这些言语像针尖直往我耳朵里插，我很不开心。赫华察觉我脸上不悦，心里也难受。

因为这些话，有次在学校洗手间里他跟一个人动起手。后来双方被叫到教务处，挨了批。那天我去给语文老师送作业，正好路过，听到他舅舅狠狠骂了他一通，说他以前都乖乖的，怎么突然变成这样。我没敢多听，从门外径直走过。

那天以后，我的耳朵清净很多。我心里感谢赫华，但不想像以往一样跟他走得太近，联系得太频繁。

时间一长，赫华也知道了我的想法，他没问什么。

在这期间，我认识了小芹。她是我们班上的学习委员，人很聪明。因为我是语文课代表，经常会和她说话，我俩渐渐熟络起来。她不喜欢赫华，也说过赫华坏话："有次坐公交回家，我亲眼看到的，他一个人坐了两个人的位置，更恐怖的是，两个座位的面积还不够他屁股大。"这是我有次路过她身边，听她跟其他女生讲的。

小芹很漂亮，眼睛很大，亮亮的，像天天用山中清泉洗出来的一样；她脸很小，鼻翼不宽，嘴唇终日像两片红润的花瓣不断闭合，说什么话都是软绵绵的感觉。小芹怎么看都还是个小女孩。

我从没恋爱过，见到小芹，跟她说话，心跳就会加速。小芹自然明白我紧张的缘由。她从没戳破，或者根本没想过要戳破，只是有时待在一起时她总和我说起她喜欢的男生要有多高，脸长得要和哪个明星一样。言下之意便是我不够高，也没有一张可以吸引她的脸。但这不影响我和她的交往，小芹似乎也愿意和我保持一种暧昧的关系。

周末放假的时候，我们会一起秘密地出来，到商城购物或是去看电影。平日在学校里，就会约着在晚自习第三节课下来到操场上散步。

我跟她开心地在操场上走了一圈又一圈，虽然没有拉手，也没有并肩，但我们一前一后靠得很近。我真希望能和小芹一直走下去。

当我跟小芹走过跑道时，总觉得有个人在身后看着我。我想忽略他，但没忍住，一回头就见到了赫华。他站在稍微有些远的地方，路灯有点暗，但我可以清楚地看见他脸上的表情，像块石头。

赫华见我也在看他，为了避免尴尬，旋即跑了起来。他跑得很用力，从我面前过去的时候，像头夜里在田泽中笨拙

奔跑的水牛，没有人鞭笞它，也没有野兽要以它为食，它却跑得分外努力。

赫华跑过我的时候，没有看我，只是看了一眼小芹。他的背影让我感到一种难以形容的陌生。

刚上高三，学校就发生了一件惊天动地的事情，是赫华，他竟然神奇地瘦下来了，人也高了不少。他留长头发，面庞愈显坚毅，五官变得立体，帅得可以甩我这种路人甲无数条街。每个胖子果然都是潜力股。自此，没有人再笑他。

赫华逐渐成为众多女生暗地里思慕的对象，什么"看一眼就此生难忘""往后不能再忽略胖子的颜值"诸如此类的说法在课下盛传。

我和小芹走在一起的时候，她也常常提起赫华，脸上还止不住地泛起少女的羞赧笑意，真是够恶心的。

小芹问："你跟赫华是好朋友吗？"

我点点头。

她又问："那你去过他的家吗？他家什么样子？"

我答道："很漂亮。"

她还问："他舅舅真是我们学校的教导主任吗？"

我点点头，心里很难过，但还是顺着她的心情，强颜装笑，回答她抛出的无数个关于赫华的问题。

"对了，你有他手机号码吗？网络账号也可以。我听隔壁班的同学说他学习很好的，我数学比较差，你呢，数学也老在及格线边缘挣扎，没有安全感。我以后遇到数学问题蛮想请教他的。他真的好优秀。对了，据说他还会弹吉他，唱歌很好听呢，有一些女生故意路过他家楼下时看到他在阳台上……"

小芹一边喋喋不休一边露出花痴少女神色，让人觉得有点讨厌，我随后小声嘀咕了一句："可你以前不是还说他坏话……"

天真漂亮的小芹这时眉头皱下来，突然说："噢！我家就在前面了，不用你送了，你快回去吧！"

心里像是被人倒进满满的柠檬汁，我觉得自己快失恋了。

真正确定自己失恋了，是我去买古早味红茶的时候，我遇见了小芹，她身边站着一个帅哥，不是别人，正是赫华，两个人正在展示标准的最萌身高差。

小芹学着电视广告上的女主角，小心拿着赫华买给她的红茶，努力又幸福地大声吸着。她见我走来，吸到一半突然停住了，脸僵得倒像是被红茶吸走了血一样。

而我一句话也没说，转过身去，恨上了全世界的古早味红茶。

小芹跟赫华好上，我也是有想过的，从她那天向我要赫华的联系方式起，从她逐渐不和我一起出去玩开始，我就知道这一天迟早会到来，只不过我没想过会这么快，距离上一次我送她回家好像也才三天而已。

虽然我知道自己对小芹来说，或许只是备胎，又或许连备胎都算不上，是备胎在地上滚了一周后留下的痕迹。而对于"我是她的男朋友"这样的想法，一直是我的一厢情愿。

我对赫华是什么态度呢，恨吗？似乎恨不起来。说不恨，好像对不起自己。

那天晚上，我没在教室里上晚自习，而是跑到天台上透气。

夜空没有星星，空气有点湿，我的身体好像成为一个水袋，沉沉的、重重的，拿个刀子轻轻一划，汁液就会淋漓迸射出来。

兜里的手机突然震动了一下，我打开一看，是一条短信。"原谅我"三个字映入我眼中，发件人是赫华。我心想这一定是小芹手机没电或不在身边，而拿赫华的手机发的。

我望向操场，已经有好多人从教室里出来跑步了。路灯下，都是一对一对的影子。我望向天空，祈求老天下雨。没想到老天真下雨了。不过他老人家也只是洒了几滴雨下来。

微雨，远处人不散。

我想也只有一个月后的高考才能将这群人狠狠拆散，心里突然快乐起来。


第二天夜里，我是真的快乐。一个人躺在床上正准备睡，这时小芹打来电话，哭哭啼啼的，像被人剁了手脚的羊羔。

我从手机上看到是她来电，想着这姑娘可真会玩，甩了人又要装大善人来道歉。我接了，想看她到底想怎么玩，结果从我"喂"这一句开始，她就在那头哭开了，最后还哽咽起来，可惨可惨的样子。

小芹说赫华因为高考要复习的缘故不想和她交往了，她说自己很后悔。

我听到这些，心里充满了欢乐，不忘补一句："所以你以后别再喝红茶了，那天瞅着你那么使劲地吸，样子老难看了。"

小芹"哇哇"地哭得更大声了，然后不知是抹了一下鼻涕还是泪水，声音很大，叫嚷着："鬼才喜欢喝那玩意，我喜欢的其实是绿茶！如果不是他天天那个点带我去喝，我才不会进那家店！"

"赫华天天带你去？"我有点奇怪。

"嗯。"小芹的泪水又一次崩溃而出。

我嘴笨，不知道怎么安慰她，就说："你别哭啦，昨晚我看到你发来的短信了。好啦，我原谅你了。你不用内疚啦。"

小芹止住哭声，愣愣问我："什么短信？我没发过啊！我不是要你原谅才哭的，我这是为自己！"

之后她说了什么，我没有记住。我只记得她挂断电话的时候，自己心里"咯噔"一下，像一个开关不断地被人按着，一会儿亮，一会儿暗。我内心好复杂，好像想到了什么，又突然失去线索。


高考结束后，我跟小芹、赫华再没有见过面，直到去学校汇报分数的时候，我看到赫华在我的班级门口站着。

我把目光压低，从他面前走过，快走进教室时，他突然喊我，我停下脚步。

他在我背后问："你考了多少分，还会报福州的学校吗？"

我没有理他，走到了座位上。

我曾和赫华说过，自己高考顺利的话，大学还是会选福州这边，因为我不想离开家。但他不知道人容易变，就像他的体重一样，永远不会恒定，每时每刻每分每秒都在改变，或轻一些，或重一些，终究是不一样的。

我考得还算不错，但我却报了一所外省学校，而且离家很远。

　　大学期间，我与赫华没有任何联系。以为这就像电影《东京物语》中说的一样："我们一旦失散，怕是再见不到面了。"

　　没想到大学毕业后一年我回福州处理一些事情的时候，又遇见了赫华。他烫了头发，身型高大健硕，穿着无可挑剔的黑色休闲西服套装，真像明星。他走到我跟前，墨镜摘下的瞬间，我才认出他。

　　在长乐的步行街上，我们一笑泯恩仇。

　　大学本科毕业后，我又继续读研，中规中矩地生活着。赫华比我厉害，先是在福州读大学，但半年之后就退学了，过了段时间，听以前同学说他去韩国读书了，回国后，竟然就变成了综艺节目大咖。我心里隐隐觉得这里面肯定有什么原因。

　　天空微雨，赫华请我到他家中小坐。

　　我答应了，像许多年前台风过境时被他劝说留下过夜一样。


　　"小芹已经结婚了。"我又喝了一口赫华倒的红茶，淡淡地说。

　　赫华看着我，问："什么时候？"

　　"去年圣诞节的时候。"我答道。

　　"你去了？"赫华问。

我摇摇头，说："没有，那时我正在台北交换学习。"

"噢。"他没有再问什么，走到一边，脱去外套，露出质地良好的奶白色衬衫，袖扣闪着白金色泽。

我心里有个结，一直没问他，突然脱口而出："高三时你为什么只跟小芹谈了两三天就分了？"

赫华突然笑起来，认真地看了我一眼："你真想知道啊？"

我点点头。

"其实那时我是在帮你。觉得像小芹那样的女生只是在跟你玩暧昧，不是真的喜欢你。可你那阵子笨得要命，什么都不知道。如果不让她先离开你，你是不会死心的。"赫华慢条斯理解释着，中间看着我，又是一阵笑。

"那……真得感谢你了。"我忍不住也笑起来，接着又问，"你大一时为什么要退学，然后又去韩国念书？"

"因为……觉得自己长得还不错啊，可以先去韩国，然后回来当明星。我现在脸皮是不是很厚？"赫华自嘲道，随后又补充了一句，"其实是希望自己能站得高一点，被你们重新看到，特别是你……"

赫华认真地看着我，这个眼神，我在高二时也见过，就是我问赫华为什么要弃理从文的时候，他眼中闪出与此刻一样的光。

"为什么？"我问。

"也没什么，就因为，那时只有你看得起我，我不想让你失望……"

赫华说的每一个字都像黑暗中的蜘蛛，织着银光闪闪的网，让人陷落，又想起过去。

窗外，南方春末的雨仍在下着。

# 像个傻瓜

除夕夜那天，我没有看春晚，也没有抢红包，一个人很早就睡下。0点时，我被此起彼伏的爆竹声吵醒，再也睡不着，起身走到窗边，想看看今年的烟花开得有没有去年好。

这时，在黑暗的房间里，手机屏幕像幽灵晃过眼睛一样闪了一下。我以为是移动公司在这大年夜尽职尽责发来的欠费提醒，结果打开一看，不是。

是林子耀发来的短信："我和阿怪分开了。她说自己还是习惯一个人过。"

我本想一个字都不回的，但没忍住，还是往手机上敲了一行字，发送过去："恭喜你解脱了，新年快乐！"

可能林子耀觉得这对我来说，是一个好消息。但他不知道，这么多年过去了，我早已经释然，很多事情也都懒得想起。

"林眉风……"我轻轻喊了一个人的名字，窗外的烟花爆竹声把我的声音盖了过去。

没想到都过了这么多年，自己竟然还能记起你的名字，你说可不可笑。

这下失眠了，胸口有说不明白的东西在滚动，伸出手按住，却发现那里什么都没有。

我拿出手机看微博动态，才知道一个自己喜欢了很多年的女演员今晚穿着碎花长裙在春晚上唱了首歌。

当初会喜欢她，是不是要感谢你呢，林眉风。


林眉风是我什么人呢？我说她是我老乡，这点她绝对不反驳。但如果说她是我以前谈过的对象，是我前任女友，她一定会矢口否认。"压根就不是这种说法，我和潘潘之间纯洁得很，吻都没吻过，算啥子对象嘛，就好朋友啦！"她总会这样跟闺蜜说。

林眉风面容清秀，那时长发刚过肩，个不高但人纤瘦，是好看的女孩子。不过她性格大大咧咧，做事不动脑子，经常犯二，江湖人称"呆花女怪"，我们简称她"阿怪"。

跟林眉风认识是我大二刚到话剧社，社里要排一场上海滩歌女的戏，阿怪要扮成依萍那样子在台上唱《小冤家》，但她巡视了一圈舞台后，发觉有些不对。

"哦，是歌女，歌女太少了，这排场哪是什么百乐门啊，简直是在城乡接合部！我们演戏就是要演真一点的，才对得起观众。"当时已经当上副社长的林眉风一本正经地说着。

"社里女生就这几个，你说我们要到哪里找嘛？！"另外一个副社长生气地拍了下桌子，想转身走掉，一只手却被社长拉住。

"眉风，要不就挑几个男的上去吧，反正今天只是彩排，过几天再招些女生进来。"社长抬了抬眼镜框。

林眉风点了点头，随即目光扑到我前排的两个男生："你，你，都过来。"

我前面瞬间成了被拔光树的平地，林眉风的目光自然锁住了我："还有你！"

我到社里的目的本来只是为了写剧本，没想到这下却跟林眉风交上手。

"小冤家，你干吗，像个傻瓜，我问话，为什么，你不回答，你说过，爱着我，是真是假……"

在这首活泼俏皮的上海滩舞曲中，我成了社花林眉风的伴舞，跟歌里唱的一样"像个傻瓜"。我就这样跟她认识了。

后来才知道，原来我们都来自长乐，一个沿海小地方。


说实话，林眉风虽然是社花，但除了上台演出，平日里一点都不珍惜自己的漂亮，皮肤干燥，头发油腻腻的，明明是个容易长痘痘的人，还特爱吃火锅、冒菜、麻辣烫、猪肚、毛血旺每次必点。

"反正表演的时候抹些粉就遮过去了，这么美味的东西，不吃才会死！"她说的话一直都能把人气饱。

我经常问自己，怎么就喜欢上这样的姑娘了？怎么就把人生第一次表白送给她了？

有次话剧演出结束，我把打包的麻辣烫放到她桌子上，生平第一次鼓起巨大的勇气对一个女孩说："呃……阿怪啊……我……我可以……喜欢你……吗？"结果说完，才明白自己结巴得这么厉害。

林眉风还没卸妆，在灯下的样子真的很漂亮。但她下一刻的举动却着实吓了我一跳。

她看到吃的眼睛都直了，一口扑了上去，对于我的告白，她可能没听进去吧，我便又问她："呃，你觉得可以吗？"

"当然！"她吞了个丸子下去，眼睛亮亮的，对我点点头，又说，"好吃呢！"

我当时懵住了，喜出望外。社里的伙伴们从旁边走过，不知道是听到了我和林眉风之间的对话，还是出于其他原因，他们嘴角都"呵呵"了一下。

事到如今，我才明白那个晚上，林眉风是真的只光顾着吃，没把我的表白当回事。

和林眉风在一起的日子里，我发现自己喜欢她，并不仅仅因为她长得好看，她做事虽然冒冒失失，但心地善良，人畜无害，还有一股女孩子傻乎乎的天真。

在街头碰见小猫小狗，再难看，她都会跑过去摸一摸，喂它们点小零食。

在公交车上见抱孩子的大姐或行动迟缓的老人家，她都会抢在我前头起身让座。

路过一家婚纱店，她总喜欢站在明亮的落地窗前看里面模特的婚纱，并对我说："我以后也要穿这个……"

"是想结婚吗？"我认真地看她。

她扑哧笑了，并握紧口袋："是想穿这个……演出，我一定要攒多多的钱，把这个店好看的婚纱都买下穿一遍！"

我当时真想倒地。

下一秒在前方商场门口，她却把身上的零钱都掏出来了，给一个跪在地上面色沧桑憔悴的女人，女人头发散乱，举着牌子，上面写有一行字："路经此地，身无分文，请求施舍。"

"你干吗掏钱这么积极啊，万一是骗子呢？"我问。

"不管什么原因，她跪在这里，肯定是有难处。如果帮错人了，就算今天我多吃了一包零食。好啦，别替我纠结了，走！"林眉风拉着我进了商场。

林眉风看的书也都不普通，米兰·昆德拉、麦克尤恩、乔伊斯、莱辛的书摆满她宿舍的书架，基本都是外国小说，应该是她常年排演话剧养成的口味。

有段时间她天天给我发语音信息，一段一段，朗读着米兰·昆德拉的作品。

"特丽莎跪在沙发旁边，让卡列宁的头紧紧地贴着自己的头。托马斯叫她紧紧抓住那条腿，免得他难于下针。她照着做了，但没有让自己的脸离开卡列宁的头。她一直温和地对卡列宁说着话，而他也仅仅想着她，并不害怕，一次次舔着她的脸……托马斯把针头插进血管，推动了柱塞。卡列宁的腿抽搐了一下，呼吸急促有好几秒钟，然后停止了。"

"卡列宁死了？"我问。

"嗯。"她发了一个字过来。

"托马斯太坏了，他是故意要把特丽莎的爱人给弄死吗？"我又问。

"哎呀，你弄错了，卡列宁是一条狗啦！"她在语音信息里笑着说。

我面红耳赤"喔喔"回了过去，顿时觉得自己自从跟了林眉风后也变二了。


林眉风是话剧社副社长的缘故，她在宿管阿姨那常以"要找手下做事情"的理由潜进男寝室来找我，有时是谈剧本的事，有时是带了东西来跟我一起吃，当然多数时候都是闲得无聊找我聊天。久而久之，她不仅跟阿姨们都熟了，还跟我的室友打成一片，其中就包括林子耀。

林子耀，相貌斯文，个子也高，留着波波头，穿着打扮也很日式。平日里有很多女生思慕他，也有一些厚着脸皮追求他，但他仍旧保持着高冷的"单身贵族"身份。我和其他室友没事总好奇他会喜欢什么样的女孩子。没想到他喜欢的会是林眉风这一款。

起初以为他们俩聊得亲密是因为我的关系，后面才知道是我想错了，林子耀的的确确是想追求林眉风。

初夏的一天，在寝室天台上，我们几个喝酒、吃麻辣烫。酒买的有点少，喝得不尽兴，我就跑到楼下小卖部去。天台上剩林子耀和林眉风两个人在聊天。我从一楼爬上七楼快到天台的楼道时，听见林眉风跟喇叭一样大的声音："你误会了，我跟潘潘只是朋友啦。"

"可我听他讲，他都跟你表白了，而且你也答应了。我们宿舍的哥们都觉得这小子特牛，一份麻辣烫就可以找到女朋友！"

"你们白痴啊，我哪会这么廉价嘛。那天，我是真的没听清他说什么，还以为是问我东西好不好吃，我那时点点头，后来才知道原来他是在问我可不可以跟他交往。我喜欢浪漫一些的男生，潘潘人也很好玩，但有些呆呢，整天就知道待在学校里，除了宿舍、教室，就是图书馆跟食堂……"

我听不下去了，心想林眉风你自己不也呆呆的，还好意思说我啊。其实，我也有过这样的准备，觉得像林眉风这样好看的女孩子和我玩在一起，或许真的只是因为无聊。

我没有灰溜溜地跑掉，而是轻轻碰着手里的瓶子发出响声，让他们知道我回来了。大家都装作什么事都没有发生的样子，继续喝酒聊天，说说笑笑、打打闹闹，只是到了这场筵席末尾，在稀薄的黄昏里，我听到了自己轻微的叹息声，感受到了脸上塌陷的表情。

我也预感到我和林眉风，甚至是林子耀之间，关系都有点不同了，我们似乎都回不到从前那样了。

林子耀确实比我好，我没有做到的事情，他都做了。

他每天早起陪林眉风跑步，晚上就带林眉风吃夜宵，周末背上单反跟林眉风去缙云山、金刚碑拍照。莫文蔚来重庆开演唱会的那天，他也带着林眉风去看了。

莫文蔚唱完《忽然之间》之后，音乐停止的瞬间，林子耀问林眉风："阿怪，你此刻开心吗？"林眉风长这么大都觉得自己是个没心没肺不会哭的人，那一次却在林子耀面前呜咽起来，林子耀温柔地帮她擦去眼角的泪水。之后两个人趁着余兴，还去唱歌，空荡荡的包厢里就他们两个人，他们深情款款合唱了一首《广岛之恋》，再然后当然又是林眉风蹦蹦跳跳唱了自己最拿手的曲目《小冤家》，林子耀说她唱得比原唱好听。

这些都是林眉风告诉我的，她的单纯天真也体现在这里，丝毫不会介意我的感受。她一边说，一边笑得跟朵花似的，我能体会她是多么地开心快乐，少女们都喜欢这样。但我心里隐隐泛起的忧伤难过，她不会想到，也不会知道。

大三下学期的一天，林眉风同时约我和林子耀出来时，我吓了一跳。

观音桥，晚上6点半，空气有点湿，虽然温度不冷不热。我却像待在密闭的房间中一样感觉窒息。

一年前，我还和林眉风保持着外人以为的"恋人关系"，而现在我要面对自己成为林眉风和林子耀之间电灯泡的处境。这真是一个悲伤的三角恋故事。我没办法，还得装作没事人一样出现在林眉风跟前，做不成恋人，起码在她眼中，我还是她最好的朋友。

那天林子耀自然也很尴尬，瞅着我在旁边，想对林眉风说的情话都胎死腹中，他憋久了，后来不小心在星巴克喝咖啡时放了个响屁。没办法，跟林眉风久了，谁都会变二。

林眉风倒像是习以为常，见怪不怪，狼吞虎咽了几块小蛋糕。她整天就跟闹饥荒似的，可厉害的是，她怎么吃都不胖。那天，我跟林子耀都不怎么开口说话，两个男人用沉默做武器，进行拉锯战，耳边听得最多的仍是林眉风的声音："你们俩怎么了，吃啊，很好吃呢，快吃啊！"

后来是林子耀率先打破沉寂，拿出一个本子，上面记录了一些他喜欢的城市、好玩的地方，当然全是国外的。他问林眉风的意见，想由此制定毕业前的旅行线路。林眉风看得眉飞色舞，嘴角"哇哇"叫着。"都好漂亮呢，但这一趟下来，我们三个人每个人要平摊多少钱呢？"

我跟林子耀都没有听错，林眉风说的是"我们三个人"。

"呃，阿怪，这趟旅行只有我跟你……"眼看着不知道怎么打破林眉风设置的障碍，林子耀单刀直入，说道。

这下林眉风有些懵了，看了看我，好像在找答案，又好像在替林子耀跟我道歉。

我风轻云淡，微笑地看着她。

林眉风低着头不说话了，三个人都沉默了。

这样的气氛一直持续到我借故离开。我说要到书店看会儿书，便与他们作别。

这时天变闷了，整个城市像被装在一个巨大塑料袋里，没有一丝风。我拐了个弯，并没有去书店，而是往一家面包店走去，要了份西红柿生菜培根大三明治，直往嘴巴里塞，再来杯苏打水。对，我心情不好就喜欢吃东西发泄。随后又破天荒自己一个人去了电影院。电影散场，我疲惫地坐上地铁，回去了。

到了宿舍，推门进去，林子耀像雕像一样站着。

"潘子墨，我有话跟你说。"他冷冷地看着我。

我没搭理他，径直往卫生间走去。

"我跟你说话呢！"他挡在我前面。

"干吗？我憋久了，上厕所不行啊，走开！"我没好气地回应他。

"你不要再缠着阿怪了……"林子耀在我背后说道，他语气想尽力显得平静些，但声音还是略微颤动了一下。

我没有理他，走进卫生间要关上门了，这时又听他说："你知道阿怪为什么还没正式跟我在一起吗？就是因为你的存在。我们俩的旅行泡汤了，她说如果要去非得带着你。潘子墨，只要你存在一天，她多多少少都会顾及你的感受，不会跟我确定恋人关系……"

我这下怒了，转身冲到林子耀面前，揪住他的衣领，喊道："你当初挖墙脚的时候怎么不想想我的感受！现在竟然还理直气壮跟我说这些？！"

林子耀被我突然火山爆发的样子吓呆了，直愣愣地看着我，说不出话。

我也不想打人，把火又吞了回去，"嘭——"，关上了卫生间的门。

"算我求你了，可以吗？！"隔着门板，我听林子耀用祈求的语气说道。

自从知道林眉风和林子耀在一起玩之后，我每回上卫生间都会用手机听《祝天下所有的情侣都是失散多年的兄妹》。但说实话，我也动过念头，打算不再介入他们的生活，但每次林眉风一发消息来，我又中了邪似的屁颠屁颠跑去见她。我也明白对于满脑子装满浪漫想象的女生来说，像我这样没有太多情调的男生或许真不适合跟她们谈对象，喜欢我就是喜欢错了人。更何况，林眉风还从没说过喜欢我，一直以来都是我一厢情愿喜欢她，单恋真是一朵常开不败但始终无果的花。

大四上学期，我没有回学校，而是待在老家长乐复习考研，我本科学的是中文，但研究生选的专业是戏剧影视学，因为林眉风本科就是学这个的，而且她还跟我说自己成绩不错可以保研，结果她却跟林子耀一起考雅思，看样子是准备出国读书。

其间，林眉风也经常给我发信息，打我电话，问我在干吗，我简短和她聊了几句后，就说自己要继续复习，挂断了她的电话。

每天书看烦了，我就一个人去离家不远的海边溜达。茫茫无际的海面漂着几艘货船，离我越来越远，最后成为一点，渐渐消失。我望着眼前的世界，内心空无一物，也跟着海面一起平静下来。

为了淡出彼此的世界，考研的前几天我回学校，都没去找林眉风。林子耀因为我识趣退出的缘故，对我的态度好了很多，但我们之间仍很少说话。只有一次，是听他说自己和林眉风的雅思都考过了后，我表示了祝贺。其实心底挺难过的，这就意味着他们俩可以"双宿双飞"了。

"我跟阿怪准备留学读研究生的事情，双方家里都同意了。"林子耀平静地说，我乍一听以为是双方家长都同意他们俩结婚了。

我忍着心里的不快，对他淡淡地说了声："恭喜。"

再然后，他们俩就真的出国了，我呢，也读研了，还是在原来的学校。

记得林眉风去美国前打了我电话，也给我发了信息，但赶巧那时移动公司因我欠费停了我手机。话剧社的社长那天也去送行，后来听他说林眉风见我不回她后一个人在机场气得跺脚，并让社长转告我，"后会无期"。从大二到毕业，林眉风的性格真的一点没变。

我以为自己用了两年的时间终于甩开了林眉风留在我身边的影子，直到有一天，室友阿古在宿舍看《煎饼侠》，他突然问我喜欢谁，几乎没有一秒迟疑，我眼前闪过林眉风的影子。

没想到都过去这么久了，原来我还想着她。

也觉得自己一生不会再与她有所交集，如她当初所说，"后会无期"。但林子耀在除夕夜发来的信息是一个意外。

还有一个意外是，我们竟然又相遇了。


长乐这座城市实在太小了，在长山湖边的超市门口，我跟林眉风打了个照面，多年不见，两个人相视而笑，像做梦一样。

林眉风穿着栗子色尼龙大衣，脸上擦了粉，眉毛是精心修过的，红唇，头发比以前长了很多，但并不油腻了。我们就近坐在一家饮品店里，点了两杯卡布奇诺，一边喝一边聊天。

"不错嘛，你变帅了，刘海也好看，前两天情人节有跟女朋友约会吗？"她笑着问我。

我摇了摇头："目前还是一个人过。"接着，我又看着她说，"你比过去更好看了。"

"那可不，我现在每天都吃素食，油腻的东西都不敢碰了。女人过了 25 岁，身体各方面都在直线下降，就得格外注意保养……"

听林眉风一本正经聊着，不免想到她在话剧社那会儿说话的口气，我心里不禁笑起来，但脸上却装得很平静。

这些年，她在国外学金融专业，接触到的都是穿着大方、品味高雅的成功人士，她把别人作为镜子反观自己，深恶痛绝自己当初不注重生活细节、粗枝大叶，后来她渐渐变得精致起来，还学习插花、沏茶和做糕点。

面对这家饮品店保鲜橱窗里摆放的蛋糕，林眉风一脸嫌弃的样子。

"说的你自己就好像是糕点师，那林子耀尝过有说什么吗？"我嘴笨，无意间竟然提到林子耀。

"他也说我做得很好吃啊，哈哈。"林眉风得意地笑起来，随后脸色暗下来，对我小声说，"我和他分开了。"

"哦。"我装作不知道，却很平静的样子，端起咖啡抿了一口，"以后打算怎么办？"

"想找一个更适合的人。"她说完，目光没有离开我的杯口。

起初知道林眉风和林子耀分开时，我也很诧异，毕竟这两个人在我的意识里已经等于"两口子"。一起在美国生活几年了，没想到说分就分。后来听林子耀说起其中一些细节，才知道原因。

一天，林眉风在客厅看电视重播《情深深雨濛濛》，又勾起回忆。她跟林子耀说，当年我在话剧社演过她的伴舞，不知道现在过得怎样。林子耀打翻心里的醋坛，突然发起火来，问林眉风怎么还在想我，林眉风说他有毛病，两个人大吵一架，之后彼此就很少说话。

有阵子林眉风因为要赶论文搬回学校住，其间林子耀打电话来，她都没搭理，林子耀有点怕了，就跑去林眉风的学校，两人又吵了一架。林眉风感觉自己很累，提出分手。

林子耀在除夕夜给我发来的最后一条短信是："她始终没忘了你。"

"其实，我一直想问你……你在考研复习的那段时间为什么突然决定回长乐，在学校里不是更方便吗？"林眉风眼里发出亮光，疑惑地问我，而她心里似乎早已有了答案。

"因为想看海。"我轻轻回答。

"真是这样吗？"她的表情有点控制不住了，一只手伸进包里。

我点点头。

"那这是什么？"她拿出手机给我看，上面是林子耀和我的聊天记录，最后一行是当时林子耀知道我离开学校回家后发给我的："谢谢你的退出。"

我沉默了。原以为林眉风永远不会知道，但有次她跟林子耀去玩，手机没电了，在车上无聊，她就借着林子耀的手机玩，无意间翻见了。

"我……"我想开口，又瞬间停住。

"什么……"林眉风问。

"没什么……"突然感觉自己脸红了。

林眉风见我这样，顿时又笑了："这么多年过去了，你还是一个容易害羞的人。"

我这下也笑而不语。

太久不见了，我跟林眉风竟然聊了一个下午，最后她要回去了，网约的出租车很快就到了门口。

分别时，我再次鼓起勇气，并努力不让自己结巴，喊起林眉风曾经的绰号："阿怪，你有没有喜欢过我？"

林眉风打开副驾驶车门的一瞬间，又停下，回头看我，笑着，就跟从前一样，说："潘潘，我不喜欢你。"

我点点头，同样报以微笑，跟林眉风说："我也是。"

她跟我挥了挥手，钻进车里。车开走了。

我目送着它，渐渐成为一个点，隐没在了远处城市高楼的背后。好像我也在目送着那个很久很久以前的自己，离开。

过完年，回学校，阿古又问我："你都 25 岁了，有喜欢的人了吗？"

我说："有。"

阿古又问："那她现在在哪？"

是啊，她此刻去哪了呢，是回美国了吧。

我看着手机，林眉风给我发来了一段语音，点开，听见她在唱：

"小冤家，你干吗，像个傻瓜，我问话，为什么，你不回答，你说过，爱着我，是真是假……"

这么多年过去了，原来我们都还像傻瓜。

# 我们的船划向哪里

　　明信片上是福建南平一带一座古朴的村落，有清澈的河流，绵延的山峦，像从墨色画卷中抽离出来一样，在我眼前晕开。

　　那座叫作来舟的古镇，现在又有谁会到那里去？仿佛那年夏天结束之后，一切都不清晰了，我们走过的岁月渺若烟云。

　　沈熹羽，你还好吗？曾经，我在来舟问你的问题，你还记得吗？

　　"我们的船会划向哪里？"

## 1

　　当我还在学校的香樟树下抱着英语书背诵时，沈熹羽像

漂亮的土拨鼠一样不知从哪钻了出来,落到我的视线中,她说:

"栀年,我们离开这里好吗?"

我没有回答她,只敲了一下这个小姑娘新做的爆炸头,说:"哎,你发什么神经。"随后我的目光降临在她头顶的"鸟巢"上:"干吗还把头弄成这样啊,不怕教导主任剃度你,然后把你丢进尼姑庵啊?"

沈熹羽看了看我,把头别过去,吐着小舌头,像天真活泼的小公主。突然趁我不注意,竟夺走我手里的书,我们两个开始在校园里追打嬉闹起来。天空好辽阔,几朵云闲散飘着,偶尔掠过一群飞鸟,列着各种队形,向远而去。我们原本可以坐在操场上任凭阳光照射,留出一段空白欣赏这个世界,现在却只能屈服在密密麻麻的纸页中,囚禁自己一天又一天发黄的时光。

沈熹羽是我的闺蜜。我性格内向,不擅交际,不是讨人喜欢的女孩子。我想如果不是高中刚分班,全班就剩我旁边有空位,沈熹羽一定不会选择和我同桌。她虽然也和我一样瘦小,但却是个酷酷的女生,身上的反叛因子远远超过我。她很少穿校服,喜欢在淡粉色的 T 恤外套一件格子衫,戴黑色的艺术镜框,眼睛很大很漂亮,像宝石,腿上穿的是深暗色的直筒裤。

在她的劝服下,我们暑假一起来到了来舟。坐在这个小镇的戏台下听戏是让我印象深刻的一件事。简单的舞台、座位，穿着俗艳戏服化着浓妆的演员，淳朴的乡民和孩子，这些组成了一幅我只在美术课本里才能看到的画。我坐在边上，靠着古树和井，一心只想着锣鼓喧嚣外的事情。而沈熹羽却总是坐在最前排，不时给台上舞袖念词的演员鼓掌，给身边好动的孩子拍照、分糖。闽江流过镇子，潺潺的水声十分清晰地环绕在耳畔而并不被戏园里的氛围所遮掩，恍如祖母留下的故事，一直都在与人安静地说起。

我听不懂那些身着彩衣的演员们口中的词句，浓郁的闽地方言，显然是一扇紧闭的门，门外的人无法知道细长清脆的语调里藏着的沧桑。我相信沈熹羽也听不懂，好几次我试图问她，她总是张着自己的眼睛眨巴眨巴地看我，不时竟靠在跟前的梁木上睡着了，让人不忍打扰。狭长的廊梯不断延伸、旋转，像一条条巨大的带鱼。而我不知道它们所期盼的海究竟是不是像黑夜一样的辽阔而安宁。

这个夏天，我们几乎花光了所有积蓄从城市来到这样的深山中，从车水马龙里挣脱开来而进入这样充满原生态味道的镇子，浮躁烦琐的梦一下子抛到很远很远的云层里。我们住的是一间小客栈，店主是上了年纪的妇人，总是一脸微笑，做事贴心，这种真诚的面容在繁忙的都市中已是少见。客栈店面不大，木质楼阁，两层，周围有青树环绕，常闻得鸟声欢鸣。我和沈熹羽都住到二楼一间较为宽敞的厢房里，很浓的木头香气，落雨时还带着些许霉味。

我很佩服沈熹羽在来到来舟的第三天，已经熟络得像个本地人，和镇上的老人在树下一边乘凉一边打探这座镇子的故事，在青石铺设的石阶上和挑水的女人寒暄，晚间听戏时也总有一群孩子围着她熟络地喊她姐姐。

临睡前，我常问她："熹羽，你不会一直待在这儿吧？"

她笑笑，转过身去："时候到了就会离开的，毕竟这样安静的时光只是我们旅程中短暂的一段，我们无法长久享用这样的安宁。"

亲爱的熹羽，原谅我的笨，你说的我还理解不了。

"你怎么会这样忧郁，不像你了，是不是有说不出口的秘密？"我轻轻摇了摇她的身体，沈熹羽没有反应，她应该是睡过去了。

月亮在山头别成一枚明亮的徽章，柔软的光在我们半睡半醒间摇摇晃晃，我们的生命被这样宁静地抚摸。

## 2

即便在高中经历了分科、分班，沈熹羽一直是我的同桌，我曾无数次很确定地认为，高考之前坐在我右边的始终会是她，她是我另一半不可分离的影子。

我对她说："你相信吗，缘分会让我们一直在一起。"

沈熹羽很坏地笑着，说："栀年，你真是阴魂不散，我不相信缘分，缘分只是属于永远不在一起的人。"

无可否认，在言辞方面沈熹羽的功夫在女生队伍里是无人能敌的，我时常在她的话语之下只能像个哑巴，她是个奇怪的生物，平日活泼的外表下藏着一颗感伤的心。

有时我会产生错觉，觉得沈熹羽就是一个叛逆的自己，永远的不谙世事，永远的海阔天空。后来证明她确实是很好的伙伴，在旅行途中，我们两个人拥有的是一个影子。

在学校提及沈熹羽的恶行，老师和教导主任都咬牙切齿，她的头发总和学校制定的仪容仪表规章发生矛盾，校服很少在她的身上出现过，除了星期一的升旗仪式，她缺课的次数每年保持着学校的前三，晚自习更是不见她的身影，所以我的身边似乎有她，又似乎不曾出现过她。

沈熹羽很早就被老师盯上，进入了学校的"可教育好的"学生名单，能享受这种待遇的学生整个学校不超过 5 个，3 个已经被开除学籍，1 个留校察看，沈熹羽记大过。但我知道她绝对不是坏女生。

她常常喜欢一个人在操场上奔跑，跑得汗水涔涔。她在考试时从不用浏览器搜索，却好心地把手机借给身旁急得坐立不安的同学。她很少在乎自己，如果跟谁恋爱了，她肯定是用心付出的那一方。

高三后，沈熹羽不时跟我说："栀年，在他走后，我努力地学会所有他的本事，却始终发现自己无法成为他。"

我问过沈熹羽几次，那个他究竟是谁，这丫头没有说话。我只能抚摸着她的头发，说："熹羽，没有了他，不是还有我吗？"

内心里温存的少年，神秘得与我有着隐形的距离。

高中时，我们全都要在学校寄宿，这一点恰是沈熹羽期盼已久的。她不喜欢被家人约束，她喜欢自由、真实和疯狂。那天是周末，身边的很多同学都被父母接回家了，校园人去楼空，四周寂静得仿佛不曾有谁来过，走廊、楼道恢复成建筑学里的样本一样，光滑的瓷板上连脚印都逐渐模糊。沈熹羽抱着我，说："栀年，我喜欢这样，全世界好像只剩下我和你。"我摸着她的手心，然后看着她："怎么，不想回家吗？"她轻轻摇了摇头，从口袋里抽出一盒烟来。我惊讶地捂着嘴巴，沈熹羽见我夸张的神情不免笑了笑："这有什么，不过是支烟嘛。"语毕，她又拿出打火机点了下火，嗞，幽蓝色的焰心随即长出金黄色的火苗，在风中妖娆地摇曳。"熹羽，你胆子好大，如果被教导主任见到会没命的。"她不屑地笑出声来："栀年，你不知道吗，那个老头自个儿抽烟抽得凶，每次没烟抽的时候总来夺走我们的烟。这个世界慢性自杀的人永远都那么多。"那是我第一次看见一个小姑娘在我的面前触碰属于成人的东西，好像一座被工业侵蚀的森林。那些圈状的烟雾不断上升，缓慢地在空气中飘浮，隐隐约约，我似乎看见那是我们自己摇摆在现实与梦之间的样子，充满尼古丁的困惑。

没有沈熹羽在身边的日子，我总是在做着很安静的自己。总是要在清晨很早时抱着课本到无人注意的草坪上小声诵读；总是在课堂上静静地抄写黑板或多媒体上老师讲述的内容，基本上没有主动起来提问的习惯；总是要等到教室空无一人的时候，才整理好书包离开；总是一个人在夜色逐渐浸润的小道上傻傻地看着晕黄的路灯光，感觉远方一直都在离自己不远的地方。路过便利店，常常会停下来看看橱窗里新上架的杂志和书籍，想了好半天，才咬咬牙走过，不时地回头再看看。风中，高挂枝头的木棉，点点硕大的红，不经意间就会落到额头，我闻着，是一种淡然的香。回到宿舍楼，一下子感觉自己在阶梯上踏行的脚步响亮得让人有些害怕，仿佛在时间的隧道中不断走远，重复无尽的漫长，却能走得那么铿锵有力。窗外，操场空旷无边，树木被绿光照耀，光线暗淡的教学楼总让人产生奇异的幻想。我在夜色之中做题，听音乐，看页角起卷的书。

看书看到后半夜，身体的骨架似乎都能被抽出来，常常感觉不到自己的存在，似乎自己一直都只是天宇中的星子，那么脆弱地努力发光。笔尖突然就停住了，再也没有向下探索的耐力。我承认现在的我已经被装进了一个透明的瓶子，没有形状的痛楚来的是那么真实。灯光逐渐微弱，目光中庞大的黑暗是一片让人束手无策的海，就这样将我淹没。

"栀年，我们离开这里好吗？"

"不行，我得再想想。"

"要想多久？"

"不知道。"

我拒绝过沈熹羽很多次，每次她都很鄙视地白了我一眼，然后略显失落地离去。之后，便是她自己一个人开始了孤独而盛大的旅行时光。

在她消失了 10 天后，我右边空荡荡的位置上终于又出现了她的脸。她回来了，照样瘦小，头发照样杂乱，眼神里还是那么地一意孤行、海阔天空，仿佛不曾离开，她懒散地走进教室，拿出抽屉里快要挤爆的试卷、练习页，一张张铺好，若无其事地把胳膊摊在上面，然后依偎在我的身旁，很快便在老师诵经似的讲课中睡着了。而我并不理会她，只在一旁认真地抄写笔记，当然不时也会偷偷看她，这丫头的口水快从嘴边流下了。

沈熹羽去花莲的时候，说自己运气好的话没准会看到《练习曲》里的东明相。她小麦色的娃娃脸上镶着两只酒窝，笑起来憨厚温暖，像被点燃起的巧克力火焰蛋糕，相信全世界少女的冰山都会为之融化。

被吹乱的头发贴着昏昏入夜的苏花公路，盲人般穿过黑漆漆的涵洞，一瞬间，天地开阔，猝不及防中囫囵吞进许许多多腥涩的海风。疾飞的鸥鸟划过柔美的线条，无人的海滩乱石嶙峋，枯枝遍地。激烈的海声，庞大的潮涌，云层不断放低，末世感的组合。

感觉海岸线绵延得似乎接入云端，左倚断崖，又见大海，慢车穿行于莽林和东海岸间，风景十分壮阔。沈熹羽把下巴搁在车窗窗前，膝盖跪坐在座位上，她说："栀年你知道吗，原来大海是这样接近我们，我们都是大海推向陆地的浪花。"她说话的时候，眼神那么晶莹，清亮透彻，仿佛阳光的触角在我的皮肤上抚摸，而我从未见过辽阔无垠的海湾，从未见过那个电影里站在礁石上不知疲倦跳舞的立陶宛姑娘，从未见过像蓝色水墨的海涛和天穹翻滚的硕大乌云。

我说："熹羽，对不起，我的作业还没做完。"

她兴致勃勃的言语一下子陷入凝固的尴尬里，脸部僵了一会儿，然后瞥了一眼我手上紧握的英语模拟卷，说："有些事，现在不做，一辈子也不会做了。"

我知道，这是来自《练习曲》里那个叫东明相的男孩说过的话。

"我要和你去来舟。"执意和母亲争取了一个暑假的自由权之后，我便向沈熹羽说起旅行的计划。她微笑着，明媚得如同青翠林海。她说："栀年，你终于要做回你自己了。"

可是来舟，就真的有真实自我的存在吗？

## 3

来舟，这样一座在网上都知之甚少的镇落，位于闽江的上游，重岩叠嶂、风轻云绕、颇为幽静，走入其中，真正是云深不知处。溪流潺潺，千百年转身已是浮尘万里，我们坐在时间的转轴上拉不回一个个溃败的王朝。

沈熹羽说，来舟是她在一次旅行中火车中途停靠时发现的。她说："栀年，你不知道当时我多么兴奋，看着这样一座小小的镇子，它散发着的山谷幽兰的香气在我的鼻翼间萦绕。山间深邃的走廊没有炙热的光，声音在竹叶间轻轻地摇摆，像牙齿咬出柔软的痕迹，栀年，我们的内心深处将会充满笃定的坚信感。"

我就这样相信了沈熹羽所说的一切，坐上了火车。经过来舟的火车中也不乏一些动车，但我们还是选择了绿皮火车。在这浮躁的时代里，老式的事物反而能给人充实的安全感。毋庸置疑，我和沈熹羽都是喜欢怀旧的人。我们喜欢听尚马龙的法语香颂唱片，喜欢整日抱着马塞尔·普鲁斯特的《追忆似水年华》反复看着，喜欢在烟火绽放的节日里静静瞧着另外一边暗淡的天空不说话，喜欢一直唱着那个昔日暗恋了许久的偶像的歌，喜欢在钟摆的固定节奏里沉睡，宇宙经纬分明，交错编织，我们那么热烈地期盼有一天所有时光能倒流。

我坐在列车上，窗外是缓慢倒退的树影，山谷静寂，夕阳将车厢的坐垫染成猩红。感觉时间一定在数个瞬间，脱离了原先的节奏，那些停缓的须臾片刻安抚了许多慌乱与嘈杂。远村，陌生而广大的世间燃烧着粼粼灯火，悲欢情事远远地抛在山的另一头。我默默观望这天地的轮回，看到车窗上映出少年清澈的侧影，沈熹羽那么安静地靠在我的肩上睡着了。

有时觉得自己能做一只候鸟也不错，牵绊的事物少了，真正的自由便多了。可以永无止境地迁徙，找不到家，或者四海为家。

仲夏的夜晚，江水发出粼粼的光，星星点点地围绕着村子。客栈老板娘为我们蒸好糯米团子，做好了简单的饭菜，如干炒田螺、糖醋鲤鱼、老肉豆腐等，很快端上来凑成了一小桌，沈熹羽坐我对面，我们津津有味地享用。老板娘时不时便走过来拿走我们的盘子夹了些红烧肉，还舀了点肉汤到饭里。她看着我们笑了笑，眼角的鱼尾游得很慢。"你们这两个丫头跑这么远旅游，家里人不担心吗？穷乡僻壤的，有什么好玩的。你们倒是不知道这里有多少人一辈子做梦都想离开呢。"在老板娘说话的间隙，我扒了几口饭到嘴里，感觉有点噎，沈熹羽见了，便拿过一瓶摆在木架上的瓶装茶水，打开的一刻，香气盈满了整个餐厅。老板娘说这些茶水大都是自家酿制的，用的是红壤种植的白芽茶。多是夏天晨起采摘，晒干数日后，泡水品饮，自是芳香四溢，祛火明目。沈熹羽听了可来劲儿了，把茶水一直放在鼻子前闻着，都不舍得放下。

饭后，镇上的灯火很早便渐渐熄灭了，我和沈熹羽结伴闲走至河边。蛙声在这个季节里煮沸，星星像揉碎的宝石，撒落在天宇之上，东一颗，西一颗，快把眼睛看花了。沈熹羽摸着我又长了一季的长发说："栀年，如果你是男生的话，我会爱死你的。"我一下子脸红了，但幸好有夜色掩盖了我的羞涩。我说："熹羽，你还爱着他吧？"沈熹羽愣住了，说："看着我，栀年，你说的是以前提过的那个人吗？"我点了点头。"年少时选错了人就像选错了标签，即使撕毁了，但依旧留有痕迹。"她边说边把目光向远处投去。我没有问下去，不想说的故事告诉风就足够了。沈熹羽突然转过身来，抱住我，然后我清楚地看到她第一次在我面前流泪，她哽咽着说："栀年，其实我一直都忘不了他，栀年，我该怎么办？"外表假装坚强的女孩，原来内心是那么忧伤。月光里，整个世界不过是高处摇摆的一片叶子，微薄、绯红，透着细微的光亮，风过处，开始向下飞翔。

世界的光芒消失了以后，沈熹羽说，她再也没有见到自己的影子。

苇草疯长的河岸停着一艘陈旧的渔船，熹羽，我亲爱的熹羽，我希望你的不快乐，你的悲伤往事都能载到那艘船上，从来舟顺着闽江越漂越远。

## 4

叶世杰是沈熹羽喜欢了很久的男孩。他就是学校"可教育好的"学生名单中排第一的而被开除学籍的人。学校能给的理由永远只是那么几条：抽烟，打架，形象邋遢，顶撞老师，屡教不改，品行恶劣。

沈熹羽摇了摇头："不是这样的，起码在我看来他不是这样的。叶世杰是个真诚善良的男孩，他可以为哥们两肋插刀，可以在教导主任对无背景的同学做出不公平处理时当众骂他臭老头，可以在全班大部分人都在考试中做小抄时潇洒地伏案大睡，可以在校运动会上率先跑到终点后又甩头去帮落后的对手领跑……"

沈熹羽说着说着，突然又泪眼涔涔。她说："栀年，你知道他是怎样打动我的吗？"我好奇地注视着她洋溢着幸福的脸蛋。"一天夜里，雨水倾泻在路面上，像条发光的银河，他没有撑伞，冒雨跟在我身后，在一棵樟树下我停住了脚，回头看他。他愣愣地笑了笑，然后大声地说：'沈熹羽，我很喜欢你，非常喜欢你，总有一天，我一定要追到你。'那样傻傻而执着的样子就像柯景腾。栀年，那天我还留着像你一样的长发，穿着洁净的校服，转过身的一刻，裙摆和头发都飘了起来，我羞涩地不让他看见那时我的内心多像潮涌的海。我知道那天我走后，叶世杰在我的身后站了很久很久。"

"后来呢？"我问。沈熹羽拿出烟吸了一口，然后咳嗽起来，树上有一些深蓝色的果实坠落了。"后来，他被开除学籍后，我们没有相处多少天，他就被家人送出国了。天涯苍茫，我的孤独成为一片忧郁的蓝。"鼻子酸酸的，我抱着沈熹羽的头说："傻姑娘，别难过。""栀年，我真的一直都想戒掉他，真的。"她哭得像一朵雨天里的蔷薇花。"傻瓜，你戒不掉他的，你现在变成这样不是为了让自己成为他吗？"我好好打量着眼前的沈熹羽，又一次轻轻抱住了她。

清冽的水边，杨花四散的蒿草丛中停息着几只粉蝶，摇摇晃晃的树影间它们彼此相拥，像岁月里那道深刻的吻在风中飘动。年少的故事，宛若高悬枝丫的白霜，散发晶莹而冰凉的气味。

熹羽，我们都要勇敢地成长为自己，而不是做谁的影子，知道吗？

## 5

在来舟生活的十来天里，我见过几次豹子。

夜间，它孤独地站在山丘前，巨大的月亮悬在丘上，豹子的影子被拉得辽阔而修长，似乎覆盖住整座镇子。寂静的空气里飘浮着神秘的气息，一种来自遥远之地的声音浑厚而深邃地传来。我推醒睡在一旁的沈熹羽，她揉揉眼睛说没见着什么又倒下去睡了。而我分明清楚地看到山丘上豹子被蛊惑了一般地舞蹈，步伐时慢时快，身形闪闪烁烁，整个来舟，包括河流、土地、山峦与草木，也在与它保持一致的频率。

事后，我再和沈熹羽说起，她便笑话我说："栀年，那只是梦。"而我仍觉得那个场景预示着某种含义。向客栈老板娘说了此事后，她便热心地带我去向当地的一位花白长者询问。"有一只豹子，"我使自己定了定神继续说着，"有一只豹子在山丘上对着月亮舞蹈。"长者捋了捋胡子："只有你一人见着？""对！"我点头。长者忽然笑了，目光移到远处："丫头你会有好运的。豹子身上有来舟古老的魂魄，你会交好运的。"

我又一次和沈熹羽站在江边时，她一边举着手里的单反拍照，一边很不屑地说："栀年，不要再对那个梦境耿耿于怀了。要知道，我可是你一生的劫难，除非我离开了，你才会交好运。"我笑她的白痴与无聊，随手捡了些石子往江里扔去。石子一粒粒在水面跳跃了两三下后就被波涛吞没，很多细小的事情原本便没有取得从容站立在这个世界的资格。

夜色愈加深沉，从闽江上升腾起来的雾水稀释着所有苍翠的树木与紫色云霞，也稀释着一切原本古旧的事物，最后这世间沦为一张丧失表情的脸，庞大而模糊到难以分辨。隐约间，我似乎看见河畔那艘陈旧的渔船动了，我叫道："熹羽，快看，来舟的船动了！"沈熹羽看着我，说："栀年，它一定是带着昨天的我们划向一个永远看不见的远方。"

从来舟回来后，我便不再有过新的旅行。

已经是高三了，父母不再允许我任性而为。他们帮我报各种科目的冲刺班，帮我设定一模、二模、三模，直至高考应该考出的分数范围，帮我安排着衣食住行的合理方式。我像流水线上的一个螺丝，在他们既定的程序中拔了又拔，钉了又钉。而我只能看着他们甘愿被生活折腾的脸，殷切而忧

虑的神情，默默走在一条他们预设的路线上，像只蚂蚁尽量忘记内心曾有过的反抗的声音。

校园里的油桐不知什么时候已经落光了叶子，偶尔有不知名的虫子在枯草间窸窸窣窣地叫着，形同一场祭奠。道路上依旧能看见低年级的男女生穿着肥大的校服在操场上游戏、奔跑，时而交头接耳地说着悄悄话，时而嬉笑打骂起来。而我已经好久没看到沈熹羽了。我不知道从来舟回来后我们究竟都改变了什么，只是觉得沈熹羽走上了一条离我越来越远的路途。她又没来上课，也不再与我联系。花花树树枯了又开，开了又枯。亲爱的熹羽，我们究竟怎么了？

在我身旁的座位空了一个月后，高三新换的班主任安排了另外一个女生坐到了我的右边。那一天，我还像以前那样若无其事地记笔记、写作业，做着一张又一张空白的卷子，之后突然间停下笔忍不住看了一眼那个女生。她矜持地对我笑着，标准的女生短发，白净的脸庞，胸前别着规规矩矩的金属校徽。真的不再是你，沈熹羽。一瞬间，我故作淡漠的表情再也撑不下去了。窗玻璃上映着那道忧伤的侧影，整栋教学楼里多媒体喇叭传出的嘈杂声退潮般地消失，沈熹羽，你不知道全世界好像只剩下我眼眶里那一丝想你的温度。

"栀年，你的劫难要结束了，来舟的豹子真的会给你带来好运。"在高三即将奔赴盛夏聒噪的蝉声里时，沈熹羽又回来过一次。那天课间，她在教学楼下兴奋地叫我，像个孩子。她手里拿着一果篮的荔枝、龙眼，一颗一颗细心地扒完皮后放进我的嘴里。她说了好多好多的事，包括刚完成的旅行，新结识的朋友，还有一大堆的奇趣逸闻。我都记不清了，只是记得在上课铃响的时候，沈熹羽走过来抱住我，很深的拥抱使得我感觉到一种内心的疼痛。她送给我一张有关来舟小镇的明信片，说："栀年，我要离开这里了，你的劫难要跟着我一起离开了。这张明信片上的照片是那时拍的，回家后我自己做了一下，你要好好存着哦。"她抽噎着，随后又笑了起来："栀年，你这下真的会交好运了。但，但是，要记住哦，在我走后，你还要像我们在一起时那样生活着，知道吗？"

我点点头。

# 6

花影眷恋着梢端的风，在夏的指缝里流淌而过，树叶浓密而闪亮得让人睁不开眼睛。来自东南海岸的潮汐被吹荡起伏成澎湃的话音，在炙热的沙滩上一遍又一遍地重复，多少年前许多人用枝丫画出的那一排图案终究被冲淡了。

关于沈熹羽离开学校的传言有很多版本，有人说因她的旷课次数刷新了以前由男生牢牢保持的纪录而被开除了学籍，有人说她是被父母强行送出国去受苦了，有人说她是去和叶世杰逍遥了，还有人说她这是在玩失踪。而我最相信后者的说法，但我觉得用旅行代替失踪更为贴切。我坚信沈熹羽应该又是到来舟去了，她会坐在闽江边，看着来舟那艘陈旧的渔船，安静地等我。

熹羽，我亲爱的姑娘，你会不会偶然在教室人群中看见我苍白的脸，会不会在已经很少人的公园里看那只空无一人但仍兀自摇摆的秋千。你会不会喜欢偶尔在我肩膀上停靠的蜻蜓，会不会看出那是我绽放在这个夏天的花，上面有你明亮的颜色。

熹羽，我亲爱的姑娘，我右边的位置一直是留给你的，即使现在那里坐着其他的女孩。

熹羽，我习惯自己的手被你牵住的样子，你就像另一个我自己，保持着和这世界真实的距离。我们要一辈子不离不弃，要不管谁先离开，另一个都要像我们还在一起时那样活着。


## 7

夏日里经常下起暴雨，雷声大作，天空一下子黑了。我手里握着沈熹羽曾经亲手做好并送给我的那张明信片看了很久，不知不觉间睡着了。

我在梦境里看到过一艘船，它慢慢地与我靠近。我认出它就是那艘来自来舟的船。我兴奋地叫着。沈熹羽也在这时出现了，她拉住我的手，认真地看着我，说："栀年，我们的船又划回来了。"

是的，我们的船又划回来了。

# 迷路的兔子先生

## 1

最近，我经常在梦中走到一个不知名的街巷。

街道上满是盛开的玫瑰，深红、淡粉、浅黄、纯白，各种花色交织，以指尖无法触及的速度在太阳下疯长。花瓣开得愈加庞大，仿佛愈能包裹住世间的肮脏、仇恨，以及罪恶。

在街边店铺的一扇橱窗里猛地瞧见自己，黄毛圆脸，眼神天真，双手够不到店铺门口悬挂的风铃，着实吓了一跳。自己竟然回到了孩童时代。

梦的力量不可小觑。

　　我看见年轻时的母亲优雅地在商店之间往来穿梭。她一只手牵着父亲的手，一只手拎着大包小包的衣物或是化妆品。热恋中的两个人，甜蜜得像草莓味的阿尔卑斯。

　　我准备跑到他们跟前，但总被人群有意无意地遮挡。父母亲的背影像撕裂一般只剩下半边，后来索性消失。

　　第一次发现自己在梦中哭泣是件于事无补的事情。


　　兔子先生就是在我一个人埋头走路的时候出现的，他跟所有的兔子一样都长着白色的绒毛，眼睛里镶着两颗红宝石，耷拉着长耳朵，尾巴像一团毛球。但他又跟其他的兔子有很大的不同，他会直立行走，比我高出一个头，戴着礼帽，穿着黑色的西服，打着红白相间的格子领带，手里拄着深褐色的手杖，一张金色的面具戴在脸上。

　　起初，我还以为自己见到的是一个参加化装舞会的绅士，使劲揉了两次眼睛之后，发觉他分明就是一只兔子，而且还是一只会说话的超级大兔子。


　　"小家伙，见到你很高兴！"

　　我一定是听错了，他竟然在跟我说话。

　　要知道，这可是一只兔子。

## 2

母亲经常抱怨，生下我可让她遭了不少罪。无论是在生理上还是心理上，她几乎都"溃不成军"。

曾经的母亲算是镇上少有的美人儿，扎两条麻花辫，柳叶细眉，脸带桃花，眼神澄澈无瑕，嘴角总是流出淡然的微笑。母亲常说父亲是第一个拜倒在她石榴裙下的男人，也是唯一的一个，因为她一生只钟情于父亲这一个男人。

父亲经常坐在沙发上看报纸。当他听到母亲把往事重新拿出来翻炒时，便会把报纸搁到茶几上，然后自信满满地反驳母亲。说母亲才是第一个追他的女人，也是唯一的一个。而母亲那时只在一旁抿嘴笑着。

两个人就像小孩子。


父亲长得帅，这一点我从不怀疑，因为我的模样多半是继承了他。这个男人一直把自己定义在魅力男士的行列，穿一身笔挺的西装或是便装，毛发乌黑旺盛，皮肤和母亲一般白皙。他在一家园林设计公司做事，平日同事们无论男女都一致赞叹他身上散发的男士气质。每每他抽出一根烟夹在两指之间，周围的女同事便会围观上来，男同事则在一旁干咬着牙钦羡。

父亲侃侃而谈时，目光淡定，脸色温和，似乎这都是真的。

母亲爱美人蕉甚于其他的花卉。有她在的地方总会见到美人蕉的影子，露天阳台上、走廊过道里满是这种植物。母亲栽植美人蕉的原因很简单，因为父亲喜欢。所以她一直都在悉心照料着这种植物。每天在晾完衣物后总不忘给它们喷水、除草，时而加些新土，就像对待自己的恋人或者孩子一般无微不至，又小心翼翼。

生下我之后，母亲不常照镜子。她害怕看见自己日渐走形的身材、不可遏制的肥胖。她也怕某天瞧见自己繁茂的青丝里会蹿出几根白发向她问好，或是发觉眼角的鱼尾纹猛然游出来把年龄暴露在她的瞳孔里。衰老、恐惧甚至死亡，当这些灰色调的词汇错根盘结在她生命里的时候，她宁愿选择逃离。

相见不如不见。这样，起码一个女人的内心会得到某种虚假的宽恕或是慰藉，而不会徒生万千烦恼。

我对母亲怀有莫大的眷恋。不只是因为母亲会为我烧制可口的糖醋排骨或是宫保鸡丁，也不只是因为她会教我唱一些好听的渔村小调，或是为我一针一线缝补玩耍时不小心划破的衣物而不生丝毫怨气。关键是，她会给我一间安全的小屋，里面从不黑暗、孤独，落地窗的周围都长满阳光的触角，它们拱起伤心或流泪的我，给我温暖。

斑驳的记忆从指缝间滑过又猛地回头。印象中，父亲时常会拿着竹鞭扬过头顶，又唰地落在我裸露的皮肤上，发红的印迹清晰可见。对待稍微犯点错的孩子，这位身材健硕的男人从不姑息，总是横眉冷对，然后大打出手。而母亲时常也会违抗她所深爱的男人，把我护在她娇弱的身后。所以从幼年起，我爱母亲甚于父亲。

即便如此，母亲仍然爱着父亲甚于我。

她每回清理衣柜时，从不舍得扔掉那些再也不能穿下的连衣裙。因为这都是年轻时父亲为她买的，她很喜欢。这些淡粉的或是纯白的连衣裙，某种意义上也可以说成是母亲留在过去的影子。每当把它们揣在怀里，母亲便会沉思许久，我知道她正与曾经的那个少女相遇。它们跟随母亲，一步一步，走完一生。

在我上初中的那段时期，父亲变得工作繁忙，每天都很晚回家，对母亲也甚为寡淡。家里基本上就只有我和母亲在餐桌上相视。

我低头扒饭，几乎要把整个脸贴进饭碗里。母亲眼里闪烁的寂寞总让我心中生疼，不忍触及。而母亲总是一边伸出竹筷往我的碗里夹排骨一边说："你爸晚上还会晚点回来，昨深你看完电视去睡觉的时候记得不要把门反锁……"

那些洒落在饭粒上的橘黄汁液让人尝了，没感到是甜的，倒觉得有些许苦涩。

童话里一直重复老套的情节：王子吻了公主，公主醒了，然后他们相爱，从此过上了幸福的生活。

而我也一直在想：父亲与母亲的一辈子到底会有多远，他们漫长的沿途是否有不生锈的白昼，和不凋谢的繁花？

事实上，母亲也在时常考虑这个貌似没有答案的问题。

当她有天终于在镜子前揪出自己的第一根银发时，她是痛苦的。因为她要开始比我更加认真地思考这个问题。

也许有一天，这个问题有了难以想到的答案。

父亲和一位姓梅的女同事好上了。

这是母亲揪出自己的第十根白发时她的好姐妹送给她的意外礼物。她的姐妹叫莉香，素颜，盘着粗糙的发髻，操一口不标准的普通话。

"他们俩有到过我在的那家超市买东西。那个女的真不要脸，一直把手搭在阿和的肩上，吵着要买紫罗兰呢。"

"你确定……不是买美人蕉？"

"是紫罗兰，我听得很清楚。"

母亲的头有点晕，她用手揉了揉额头，尽力地压制住自己内心的悲哀与惶恐。

"丽美，你……"

最终，母亲还是瘫在冰冷的红木沙发上，神情木讷而呆滞，久未言语，无声地泪流满面。

我站在楼梯口，双手紧紧按着发凉的钢制栏杆，仿佛在按着母亲此刻的胸口。而母亲看到我之后，突然意识到了什么，又别过脸用衣角迅速拭干了眼角的潮湿，然后才看向我，一脸强笑："昨深，你莉香阿姨刚才正和妈妈开玩笑呢。夜深了，你快上楼睡吧。"

"可是……那……那妈妈你要记得门不要反锁哦。"

"嗯，知道的。妈妈还要等你爸爸一会儿呢。"

母亲说话很轻柔，总是吸引着我，让我臣服，无法违背。

之后，门开了。并不是父亲回来，而是那位送情报的阿姨宣告撤退。

临走时，她抚了抚母亲孱弱的肩膀："我知道阿和的为人，或许只是看错了……"

大人说的话总是反复无常。

　　墙上石英钟的指针精准地指在零点，母亲没有等来父亲。她一个人暗自神伤，拖着疲乏的身体走回卧室。窗外渐渐起风，一轮澄澈清月坠入云层不知所踪，树影婆娑，不断有枯黄的叶子飘落在地。

　　母亲突然想起平日的我总戒不掉踢被子的毛病，就勉强撑着身子摸黑到我的房间。她帮我盖好被子后顺势便躺在我的床边，轻声细语地贴在我的耳根说了些话。因我睡得死而没被唤醒。

　　我只感到有一双手紧紧环绕着我，隔着略薄的被褥透进层层热气，粼粼月光下显得温暖而温馨。而母亲的心应是悲凉的，她窝藏着自己的心绪，像只受伤的幼兽躲在某个冰凉的洞穴里独自舔舐伤口，不让人轻易窥见。

　　自此以后，母亲一发不可收拾地走向沉默。她与父亲之间似乎隔着一片不见底的沼泽，上面长满葱郁而潮湿的苔草。

　　即便如此，母亲也依旧爱着那些曾经为了父亲而精心栽植的美人蕉。她会在大多数的闲暇时光里把自己盛放在搬来的老式藤椅上，闻着美人蕉似苦似甜的幽香安静地闭上眼睛，开始守着她繁茂丰盛的旧时光。

　　或许，母亲真的老了。


　　美人蕉的花期从初夏一直延续到入秋。每一天，都能听见它们开得热烈的花朵陆续掉落，噼噼啪啪，像燃尽的烟花虚无繁华。火红色的身体逐渐转变成腐烂的黑褐色，枯萎成一地寂然。

盛夏真的不再了。

### 3

"你叫昨深，对吗？"

这只兔子向我伸来一只长满白色毛皮的手，准确点说应该是爪子。

我站在原地面对他，迟疑地不知该伸出左手还是右手。

"要懂礼貌哦，叫我兔子先生。"他的兔唇翕动着，像三瓣又开又拢的小花："小家伙，你看上去可不快乐。"

街巷两旁的花圃里栽满了玫瑰，像无数双小手在风中招摇，在局促的空间里渗血般盛开，没有任何犹豫地开和落，生与死都那样地迅速，且不发出任何声响。

可惜，我愈渐泛红的眼眶里，再也找不到可以绽放一个盛夏的美人蕉了。

一片深红色的玫瑰花瓣被水雾打湿，粘在了我右手的掌心，挥之不去。花瓣细密的纹络一时间与自己的掌纹紧紧贴着，在迷蒙的以太里合并成自己身体里某个颤动的部位，它们匀称地呼吸。

于是我把右手伸向了兔子先生。


他摘下礼帽，从胸前别过，然后弯下腰用湿润的小嘴唇吻了那片落在我掌心的花瓣。

我颇感唐突，猛地缩回手。

"小家伙，你真有趣。"

他把礼帽重新戴回头上，两只长耳朵从帽子的空隙里攸地钻了出来。

"这里是玫瑰街，收容世界上一切迷茫、孤独、不知所措的梦。没有迷路的人是不会来到这里的……"

"那兔子先生你迷路了是吗？"我抬头问他。

"嗯。"

他轻轻应了一声，然后拿起他深褐色的手杖指了指远处。

我的目光顺着手杖飘去。

"其实迷路的人不只是我，还有他们……"

青色的光从每个角落亮起，我什么都看不见。

# 4

"昨深，这一回我真的要走了……"电话那头的声音哽咽住了。

"去哪？"

"不知道。"无助的声音敲打我的耳鼓时，电话就被挂断了。

"喂……喂……"我使劲对着话筒叫喊，回复自己的是一阵空空的忙音。

一种年少时滋生的孤独感，透过空气里无数飘浮的粒子黏合在皮肤上，总让我感到无所适从和忐忑不安。

腓亚是在上周末离家出走的。

临走前他用家里那部橘黄色拨盘式的电话拨通了我的号码。我当时挺讶然的，刚反应过来决定冲到他家里的时候，他立马挂断了电话。我很讨厌他的自私，走了自己，却把悲伤与孤寂留给了我。

他爸在那天找到了我，一副急火攻心的样子。想要从我的口中探听到他那不争气的儿子的行踪，可惜他判断失误，因为我也一无所知。

"明天到我家来吧，腓亚留了些东西给你。"

电话那头，说话人的语气冷淡而又强制，仿佛一阵从西伯利亚来的寒风刮过耳边，我感到很不舒服。而有这种态度的也只会是腓亚的父亲。

腓亚是我最要好的朋友，也是唯一的死党。他是我刚上高中后认识的，那时我还没有同桌。

我自小喜静而不爱喧嚣的人事，所以不善交际，常常一个人独坐看书，看窗外的树，或是听一些慢节奏的音乐，基本上处在一种失语状态。而我也早已习惯这种沉寂的无人侵扰的状态，真实、干净、自由，没有一丝虚假。

我时常也会对着镜子落寞地呼吸，小声地歌唱。镜子里总有一个少年，身影单薄、短发、眼神清澈，瘦削的下巴留有一颗小小的圆痣。

整个世界，仿佛只有他在看我。

整个世界，仿佛只有他能懂我。

直到某天，我翻开刚刚发下来的英语本子时，一张纸条滑落到铺着白色瓷砖的地面上，我捡起，是班主任的字迹：

"昨深，腓亚跟我说，他想坐到你的旁边，他想和你做朋友。"

　　我口中轻轻读了两遍，再转头看向纸条里提到的男孩，心中无尽地温暖着，像走在一座黑森林中，面对忽然从树梢间射下的细碎光斑而感到欣喜。

　　腓亚就这样走入了我的世界。


　　他有着像泉水和星星一样明亮的眼神和好看的笑容，流川枫式的发型，双眼皮，手指修长，清瘦干净得像春日的一棵小花树。那树上结满晶莹剔透的水晶花，在阳光下熠熠生辉。他会讲许多好玩的冷热笑话，会画语文老师穿的那件豹纹裙子，会和我窝在图书馆的角落聊着卡夫卡——客观地看待自己的痛苦。

　　但他的骨子里还有一股韧劲，在血液里翻江倒海，使得他的父亲和老师不得不为他的这股韧劲而顿生怒火。他父亲是恨铁不成钢，老师则把他定义为不务正业的不良分子。腓亚家就两人，父亲和他，母亲三年前过世。他父亲不常打他，但他却讨厌这个会把陌生女人带回家的男人。腓亚很少与他言语，相视时，目光里亦是透着冰冷。在外人看来，他们不像父子，像仇人。

　　或许这便是无声的反抗，或者内心里一直积攒的憎恨。


　　腓亚一直都是一个燃烧的少年，穷尽自己的火光寻找自由的皈依。他不喜欢被禁锢，被压抑，所以他自然仇视为了升学而将自己画地为牢的日子。而高中时的我们确实是一同关在笼子里奔跑的仓鼠，都奋不顾身地消耗着我们的岁月，仗着青春而有资本地认为自己能承担起这些超负荷的时光。

腓亚一直都在塑造着一个反抗者的角色，逃课、看课外读物、沉迷网游，直至后来夺走教导主任夹在两指之间的香烟，拿了他父亲压在凉席下的 5 张红色钞票，开始所谓的离家出走。

那些不曾理直气壮的事情，在他那里，一直都理直气壮。

"昨深，你真的不和我……"

腓亚执意要让我加入他的大逃离计划，他的话还没有完全脱开双唇就被我一口拒绝。

"抱歉，我……"

他一定很伤心，作为好友的我无法迎合他的愿望。

世界上没有哪一条路适合我们逃跑，因为我们都还小。

"昨深，你很傻。"

腓亚，其实你才傻，非常傻，傻到不可理解，傻到我每每念起你的名字时都觉得你是一个笨蛋。自己走不说，偏偏还要拉上一个人。

腓亚的恋爱功力十分了得。大概只花了 25 块就买走了一个女孩的心，包括一盒山寨版的德芙巧克力、一碗蛋炒饭和 10 块钱的车费。那个女孩有好看的睫毛，大大的眼睛，一束马尾辫总会在有风的时候像花朵一样散开。我看过那女孩几次，她的手一直牵着腓亚。我很不习惯。女孩的眼中亦有巨大的不快乐。而腓亚一直用他标志性的微笑调和着我和她的关系。

他决定要带女孩逃离现在的生活时，我自然要说他发疯了，或是患了精神病。

"昨深，你是懦弱的，筱耳可比你勇敢多了！"

"你难道不了解她家里的情况吗？"

"了解呀，你知道吗？筱耳从小就被她妈虐待……她受够了，才同意和我逃脱这个痛苦、窒息的牢笼……不像你！"

囤积了一段时日的咸涩液体猛然决堤，我的眼圈红了。无数的蚂蚁爬过我的心脏，很难受。

是的，我不知道，表面和实质的差距，即便将全身的筋脉一根一根组接起来也无法丈量，那些深藏在多少人背后无言的苦痛。

按响腓亚家门铃的时候是夏天晚上的 7 点，天正黑下来，暮色四合。

裸露在无垠大地上的忧烦经过一个白昼的曝晒，该爆炸的就爆炸，还未爆炸的此刻也应泄了气，就像人的情绪。这是我选择在夜里拜访腓亚家的理由。

开门的是他的父亲，面色憔悴，眼神忧虑。

"上楼去吧，腓亚给你的东西放在上面。"男人坐到沙发上，继续点了一根烟。苍老在透明烟灰缸里升腾，加深着他的心伤。

"谢谢伯父。"我礼貌地向这位面容愈渐焦灼的男人点了下头，便径直走上楼去。


## 5

距离上一次见到兔子先生已经有很长一段时间了，一周、一月还是一年，或许这期间只隔了短短的一天，而内心却将其丈量成一段远距离的时空。

最近的他依旧徘徊在街巷的每个角落，依旧在迷路。而玫瑰街上的行人却日渐稀少，风声栖息在每一簇低矮的枝叶上，那些向上翻卷的小花像一种仰视，在迷离的颤抖中寻找天空，以及逃离的翅膀，却始终无言以对。

金色面具在倾城的日光下发散出格外耀眼的光束，一种与太阳正面的对抗却使得他全身的白色绒毛成为累赘。

兔子先生的心情显然不是很好，见到我时他只轻轻地点了一下头，两只长耳朵垂在帽子上，像生日时没有收到礼物的孩子，盛满空虚和失意。

我猜，他一定是想快点走出玫瑰街却因此迷得更深而伤心吧。

"兔子先生！兔子先生！"

我本想安慰他，便招手示意他过来，可他还是站在与我隔了五个商店的地方，低垂着脑袋。金色面具愈渐暗淡，兔子先生像一具断线的木偶，全身只靠那把深褐色的手杖得以站立。如果此时有谁从他手里抽走手杖的话，我想兔子先生一定会瘫倒在这条街上，痛苦地吸纳白昼、微尘和脚印，然后他的身体会被碾成一朵红色的印花，像玫瑰街上的红玫瑰一般妖冶绽放。

街道上开始出现一些穿着妖艳小丑服的女人和男人。

他们的脸上都打了很厚的白色粉底，嘴唇涂着深红色的口红。他们手握磨好的小铲子，忙于从街道两旁的花圃里移出玫瑰，然后用纤白的指甲毫不留情地掰掉玫瑰的花瓣，如同撕裂一些无辜的、脆弱的魂灵。

玫瑰街要被毁掉了？

眼前这些奇怪人群的疯狂举动，在我的瞳孔里挤出恐惧的血丝。女人和男人一瞬间都举着紫罗兰和白茉莉瞄向我，面目狰狞，眼角是一层黑色烟熏，像心中的魔鬼。

"兔子先生，他们要把玫瑰街毁掉了！"

他稍稍把头抬起来，"昨深，不要慌……"

# 6

腓亚的房间远比我想象中的要大许多，虽然他一直说自己在这样的空间里快要窒息而亡。

每当他发些小牢骚的时候，都不忘在末尾加上一句："昨深，我们逃吧。"然后我看着他笑了，而他浓密细长的睫毛会连眨三下。

巨大的落地窗占据了半面墙壁，窗子被打开一半，外面的天空湛蓝如昨，时而有云朵聚拢成白色的塔山，静止不动。有风穿堂而入，抖动起蓝印花的帘布，明晃晃的阳光里偶有微尘在缓慢浮动，像低处的飞翔，卑微、无力，却仍以逃离的姿态挣脱所处的环境。单人床上的白色被褥整整齐齐地叠

放在床头，紧靠床边的墙壁上贴着一张超大尺寸的世界地图，腓亚的梦太过辽阔。

这样的空间，有必要逃吗？

其实，我也知道，腓亚的空间是心上的，那个狭窄的受限制的残破之处，停歇着无止境的迷茫，终究找不到皈依的航向。

在腓亚消失的日子里，我突然之间发觉一切都不稳妥，所有的烦恼和困难仿佛都在成倍成倍地被放大，我周旋其中，形同失臂的鸟隼搁置在某根凋零的树枝上，等待风袭年华后的麻木与不堪。

不再有一个人，在我结账的时候提醒自己口袋是空的。

不再有一个人，在雨天执意撑伞并把伞倾到我这边。

不再有一个人，在我忘记带书的时候把自己的书推给我，而自己甘愿受四面冷漠的敌视。

不再有一个人。

因为腓亚已经不在我身边了。

他走了一周，7 天的长度，在记忆里不断滋生出形影单薄的绳索，捆绑过时光大树的无数枝丫，却终被一一松开。环顾四周行色匆匆的路人，甲乙丙丁，终究找不到那一张熟悉的面孔与我相觑。

所以此刻面对他留在书桌上的这封还没有人打开的信件时，我无比珍视。

内心的波涛早已翻涌，却又不忍拆开，害怕在读完的那一刻，信纸的末尾处会写上自己最不愿见到的两个字：再见。

再见，再也不见，后会无期。

可最后，自己还是输给了内心的煎熬。

拿起白色信封，上面落着一行黑色钢笔水的字迹，干净漂亮，"致挚爱的昨深"：

昨深：

展信佳！

此刻我和筱耳正在去往远方的途中，一个曾经在地图上用手指圈了无数次的地方。你不知道，我也无法告诉你。请原谅。

当你读到下面的时候，我已经把你当成我的亲人了。我要把我所经历的事告诉你，虽然这些事会让人觉得潮湿，但请你不要惊讶或是感伤。

　　或许带走筱耳，你心中会有些许不舒服。你一定会说我傻得无可救药。但我宁愿自己做的是傻事，而不是错事。

　　筱耳眼中积蓄的泪水有着我们无法估计的重量。我不想这些泪水在一次次温热流出之后，终因找不到停泊之处而继续流向冰冷，所以我要给她一个远方。

　　筱耳的母亲是一个阅尽风景的女人，喜欢喝白茉莉泡的茶，喜欢像有些女人收集香水那样收集生活中的艳遇。当她看见筱耳日渐长成年轻的自己时，就会时常揪着筱耳的马尾辫或是在喝水时把杯里的水泼到筱耳的脸上，"长得美今后也去勾男人吗！"筱耳恨死了这样一个用自己女儿来发泄自己迟暮情绪的母亲。

　　她一直都很想念父亲。那个懦弱的、矮小的却能够给予女儿无尽的爱的男人，一生只爱两个人。一个是筱耳的母亲，一个就是筱耳。印象中，他总会给筱耳买很多的洋娃娃、蜡笔和好看的笔记本，他总会在筱耳不快乐的时候逗她开心陪她玩。可是一年前，这个男人却亲眼见到自己女人和一个陌生的男人在一起。他忍受不了妻子的背叛，双手抓狂，失了心志冲到附近交通繁忙的柏油路上，最后以一个惨烈的死亡来发泄自己的不满。

　　而这样的发泄，一个人，一生仅有一次。

筱耳一直在我面前发誓，有一天一定要亲手宰了那个诱惑她母亲背叛的男人，不管付出什么代价。她说这句话的时候，紧紧咬着牙齿，眼睛狠命地鼓起来。仿佛周遭一切在她眼里只有极端的恨。

而那个该死的男人，其实就是我的父亲。

"腓亚，这就是我爸爸。"筱耳在合家照上为我指她父亲的时候，我已经注意到了那个站在瘦弱男人身边的女人，烫一头卷曲的长发，穿着色彩艳丽的连衣裙，领口露着苍白而性感的锁骨，错落有致。她是筱耳的母亲，也是我父亲的情人，一年前我在家里见过她。

其实，在三年前，我的母亲已经先父亲一步背叛了他们脆弱的爱情。

我的母亲是一个叫梅兰的女人，正如我以前跟你说的，她爱紫罗兰，和那些同样爱紫罗兰的男人。而我的父亲不爱。所以母亲选择了背叛，找了一个和她共事的男人，那个男人抽烟的姿势很迷人，他说他也爱着紫罗兰。

我不反对母亲的背叛，因为这是她的自由，我尊重。但是我的父亲却不允许，并最终以一个男人的粗暴判了她的死刑。母亲是在三年前被父亲重重地推到落地窗边，然后失足掉入了另外一个世界。

那里很遥远，有人说是地狱，但更多的人说是天堂。

昨深，你知道那个爱紫罗兰的男人吗？……

看到这里的时候，信纸从我手心抖落。

我必须承认自己也是一个胆小的人，无法鼓起勇气继续触及这些刺穿我心理底线的字迹。每个字仿佛都能抽出偏旁部首，在我的每根神经里埋下火线，稍稍一碰便会引爆全身。我哽咽地说不出话来，心若悬空，而手指更是颤抖得不知所措。

我捡起信纸，重新把它装回信封，揣在手中，匆忙地跑下楼。不经意间竟撞到了楼梯的扶手、大厅圆桌以及沙发，但这些碰撞产生的肉体之疼远不如自己内心的疼痛。我踉跄地来到大门边，准备开门。

"昨深，你知道腓亚……"

男人从沙发上起身，焦急地向我走来。

"我不知道！不知道！"

我一只手抓着头发，一只手迅速拧开门把，疯了般冲向黑暗，没有回头。

身后的那扇门，被用力地甩上，在寂静的夜里，恰若惊雷。

# 7

梦里我依旧站在玫瑰街某个店铺的屋檐下，面对着一个虚幻的世界而望着自己脚下的小鞋。

玫瑰街的尽头有一面大笨钟，发出煮水的声音。时间那样短，又那样长。

最近街巷里的玫瑰越来越少，大雾却越来越大。或许这是玫瑰的眼泪，纷飞成潮湿的羽翼氤氲天地，以表示一种眷恋和痛苦。雾里是一片狭窄到压抑的空间，就像腓亚描述的那样令人窒息。有人出现，然后消失，又出现，却没有人说话。那些穿着小丑服的魔鬼在以庞大的数量增加，他们表情怪异，疯狂地采摘着玫瑰，然后扔掉，接着又种上大片大片的紫罗兰和白茉莉。

我的内心很不安。


最近的兔子先生，看起来更为落寞。

他的金色面具渐渐没有了光芒，铁锈一点一点在上面蔓延开来，成为盛大而陈旧的伤口。


"兔子先生！兔子先生！"

我又一次亲昵地向他招手。我明白自己有多么在乎他，就像在乎腓亚一样。因为在看不见出口与入口的玫瑰街，只有他能和我说话。

兔子先生拄着深褐色手杖慢慢走来，穿小丑服的女人和男人故意挤他，撞他，这使得他的步子变得更加缓慢。玫瑰街上空飞翔的鸟群穿梭在云缝投下的束形光线中，刺穿了弥漫的大雾，渐渐浮现的是一个苍白的身影。

"小家伙，真高兴又见到你。"
"兔子先生，玫瑰街快消失了，你还没找到出口吗？"
"快找到了……但或许又找不到了。"
兔子先生揉了揉额头，然后把自己的两只长耳朵拉了下来，紧紧贴在金色面具生锈的伤口上，像一个失败的人对自己最后的保护。绝望、懦弱，又无可奈何。

刚刚被光束划开的大雾又聚合起来。穿小丑服的人群，骨头在剧烈地拔节，喉管发出一阵竭力的嘶喊，面目狰狞。
玫瑰街像一座黑森林，滔天翻滚的气浪，仿佛世界末日般的黑暗。

# 8

莉香阿姨再次出现在我家时，是我拿到腓亚留下的那封信的第三天。白昼，云淡风轻，阳光从窗外射进来，流过指尖。

母亲倒了杯绿茶放到她姐妹的跟前。这个女人已经不是三年前来我家时的那副超市阿姨的装扮了，她脸上化了很浓的妆，金卷发，一只手总是不时拨弄着挂在胸前的银项链。我差点都认不出她了，但她说话的腔调似乎一直没有多大改变，刚一开口就暴露了她的从前。

"丽美，再过一两天，我就要去加拿大了，临走前来看看你。"

"看来老祥在外面打拼得不错。这下你也可以和孩子一起出去享享福，可苦了大半辈子了。"

"唉，像我们这样的女人哪会有享福的命，在外面也得继续受苦呀，呵呵……对了丽美，一直忘了跟你说了，那个姓梅的女人在三年前摔下楼死了。我看那天准是我看花了，阿和是不会做那种事的。"

母亲压在眉间三年的愁云仿佛一瞬间被拨开，整个走形的身体更加松弛地躺在沙发上。过了一会儿，她才缓过神来看着这个曾经为自己送来伤心情报的好姐妹。

"莉香，一家人在外面都要好好地过日子呵。"

"丽美，你也是。多保重哦。"

女人把双手轻轻按在母亲的大腿上，眼中滑过一丝不舍。

此后母亲面对父亲，紧闭的情感又开始开放。

每日她又会在浆洗好衣物后更加疼爱地为美人蕉浇水、除草，施些肥料。又会从柜子里拿出自己再也无法穿下的裙子，放在怀里甜甜地笑着。又会在每晚嘱咐我一句："昨深，你爸会晚点回来，你看完电视去睡觉的时候记得不要把门反锁。"

仿佛这样的时光一直都在，只是被一场压抑的梦雪藏了三年。

或许，欺骗是最好的自我催眠。

父亲平日忙于工作，向来与我不苟言笑。最有父爱的一次是他替外出的母亲开车到学校，给我送伞。除此之外，他在我心里一直是一道黑影，冷冷的，寒风一般刮过我的五脏六腑。

我对他存在着恐惧和莫大的怨恨，不只是他操出竹鞭打我时的冷漠无情，重要的是他背叛了一个深爱他的女人，一个把自己全部青春与自由全都无悔献出的女人。

腓亚离家出走一个月了，他留给我的信自从上次在他家读了一半后一直被我放在抽屉里。每当想起那封信，我就加深了对父亲的怨恨。

"昨深，你一定很恨爸爸吧。"

当他终于累倒躺在病床上的时候，竟然破天荒地把我叫到身旁。他用憔悴发黄的手握住我想要挣脱的手，泛白的龟裂双唇微弱地吐出几个字。白色的床单几乎要把他吞噬，只露出一个头，日渐枯黄。他眼里露出男人少有的湿润与温情。在苏打水弥漫的房间里制造了一种令人潸然泪下的氛围。

父亲得的是白血病。

起初流了很多鲜红的鼻血，他不以为意，只说是上了火，就吩咐母亲买些祛火的中草药煎服便了事。这样拖了大半年，血液不断地从他的鼻孔里涌出，他引以为豪的乌黑秀发也逐渐掉光。母亲预感不妙，便硬拉父亲辗转奔走了镇上的好几家医院。

验血报告下来的那一天，父亲被判了死刑。那一天，他连续抽了好几包的烟。母亲哭花了脸，她紧紧拉住医生的衣角不放。

"已经到晚期了。"

医生双手抄在白大褂的口袋里，摇了摇头。

父亲住进医院后，母亲害怕他随时会走，便每天拉着放学的我匆匆忙忙跑到病房里去看父亲。而父亲总是翻身侧着看向摆在窗沿的几盆美人蕉和紫罗兰，那是母亲不久前弄来的。

随后他又躺在床的最里面，对着墙壁，始终无语，像不愿面对一些人和事。

人总是在将死之时、弥留之际才开始审视自己的过去，悔悟曾经做错的事。耻辱、悔恨、救赎各自找到了寄生的地方，对谁都公平。

这世上终究找不到不曾犯错的完人。

母亲把炖好的鸡汤用保温壶盛着放到床边，接着从木架上取下一条毛巾在脸盆里搓洗两三下后，轻轻地抚着父亲枯槁的脸。此刻，他也已离死亡不远。

母亲把被单掀开一角，又用毛巾擦拭着父亲的手臂。那些胳膊，布满密密麻麻的针眼，骨瘦如柴。之后，母亲端好脸盆，神情忧伤地向病房外走去。

"爸爸，你真的做错了。不仅伤害了妈妈和我，还伤害了腓亚和筱耳。你知道吗？腓亚可是我最好的朋友，他的母亲就是梅……"

看着父亲躺在病床上消沉的身影，胸中突然有股力量强烈地压制住自己要说出的那个名字。

"梅？梅兰！"

父亲怔住了，脸上突现的神情比刚才母亲的还要忧伤。他替我说出了那个死去女人的名字。

"一切……一切都太迟了，爸爸！"

装在大罐葡萄液注射瓶中的一滴液体还没来得及向针管的尽头滑落，另一滴就被带入深不可测的谷底。

死亡以伟大的姿势启动时光的巨轮，乘载或大或小的罪恶远赴天堂，或者炼狱。

父亲不再说话，他的沉默跟他一起睡去。或许，这便是一个人最好的忏悔。

母亲在父亲过世后，更加疯狂地照料着那些养在二楼阳台上、走廊过道里的美人蕉，以及刚刚种下的紫罗兰，不停为它们浇水、除草、施肥、加新土，像在徒劳地挽留一些已经无法重现的人和事。

我每逢看到她在回忆里度日，恍若有一根细微尖刻的针刺，扎入我的神经而渗出无止境的疼痛。

"昨深，原来你爸除了美人蕉还喜欢紫罗兰呢。在医院的时候，他就让我把这两种花放在床边供他观赏，你说你爸是不是挺有情调的……"

母亲咯咯地笑着，悲伤与幸福夹杂的脸庞上透露出一种诡异的表情，神经兮兮。

"妈妈！你醒醒好吗？爸爸不在了，不在了！他不只爱你，他还爱着另外一个女人。那个女人喜欢紫罗兰，她叫梅兰，是爸爸的同事，也是我朋友腓亚的妈妈，三年前死去的那个！"

世界仿佛一瞬之间被抽走了所有的声音，只剩下男孩凹陷颤动的嘴唇，以及女人裸露在白昼下的一脸惊恐。

"昨深！你在胡说什么？"

"我没胡说！"

"昨深！"

我抹着眼泪跑上了三楼，母亲渐渐成为我身后失落的背影。我知道，她很伤心。

明白真相的人，往往比沉溺在谎言中的人，更伤心欲绝。

母亲失声痛哭，整个眼球泛着血红色，眼泪像盛夏里憋了很久的雨，停不下来。她推开眼前所有的花盆，包括她曾经为一个男人所痴恋的美人蕉和刚刚种下的紫罗兰，像推翻做了许久本该清醒的梦。

厨房响起水壶的悲鸣。


我从抽屉里取出那封还没读完的信件，翻开，又见到了腓亚干净漂亮的字迹：

……

昨深，其实那个爱紫罗兰的男人就是你的父亲。

我曾经在某个夜晚透过那扇落地窗看到他开车送我母亲回米并吻了她。那天下雨，我又看到他为你送伞。我想了解有关这男人的一切，所以就跟班主任说要坐到你旁边，和你做朋友。

起初我想过要报复你父亲，可是后来遇到了筱耳，才发觉我们都只是一群无辜的孩子。还记得以前我和你聊起卡夫卡的那句话吗？

"客观地看待自己的痛苦。"

那些大人们犯下的过错，为什么要让我们承担？

所以，我放弃了心中的念头。

我只想我们能做一对最好的朋友。

请你原谅。

当你读到这封信的时候，如果也想和我们一起逃离这个大人的世界，请拨打我的号码，或许我和筱耳还未走远。

昨深，你真的很好。和你做朋友，我感到幸运。

正在寻找远方的腓亚

X 年 X 月 X 日

我深吸了一口气，憋在胸口，努力抑制住从脸上倾泻而下的大雨。

随后，我拿出手机，按下了本应在一个月前就该拨打的号码。

"对不起，你所拨打的用户不在服务区内……"

我彻底输给了泪水。

## 9

再次见到兔子先生的时候，玫瑰街已经消失。那些店铺、穿小丑服的女人和男人、紫罗兰以及白茉莉，也都不见了。

或许，世界原本便是一片空白。没有花花绿绿，没有复杂的人和事。一切安详，如泛白的天空和大地。

"兔子先生，我的朋友都走了，我好寂寞。你找到出口了吗？"

"再也找不到了。昨深，我要和你在一起。"

兔子先生站在朦胧的雾气中看着我，手里握着最后一朵玫瑰花，深红，像最浓烈的爱。

我飞奔过去，用自己在梦中还是孩子的身体紧紧拥抱着兔子先生，感动的泪花碎成一地璀璨的水晶。


"昨深，一直苦苦想要寻找的出口，其实只是成长路上的未知。"

他嘴角上扬，温柔地看着我，眼睛里发出似曾相识的光芒。

我像是独自面对镜子时，看见镜中的那个人。

"兔子先生，你究竟是谁？"我抬起头问他。

他伸出长满白色绒毛的手把玫瑰花轻轻放到了我的手心，然后缓缓地摘掉脸上的那张金色面具，微笑着。

眼神清澈，腮帮干净，瘦削的下巴留有一颗小小的圆痣。

我不敢相信。

原来兔子先生就是我自己。

原来迷路的一直是我自己。

有路无路都已不再重要，成长的出口原本便是未知。

　　"昨深，成长的路上，你总会长大。总有一天你会找到自己的出口，真的，你会找到。"

我们的
船
划向哪里

**Part 2**
# 月光街区

　　浓郁的水雾中，那些受控的舵盘总是难以寻觅到清晰的航向，多少人走丢在了生命模糊的描线上。

# 青 梦

春天刚刚抵达东南小镇时，蔷薇花已经爬满各家院落，墙角有点点红梅挂于黝黑枝头。风过处，尽是淡淡的香。

青石小道上常有穿蓝印花小褂的女子素面走过，戴青竹编的斗笠，三三两两并肩而行。她们言语轻细，落得像丝丝细雨。

这般景致自然是美的。我每次在回家途中遇上这些女子，都会停下来驻足片刻，犹如观赏一具具精致花纹的青花瓷器，塌陷在回忆里。

美，是人类共同的风景。回忆，则是人类共有的习性。二者都会散发出让人上瘾的清香，梦入莲藕深处一般。

"叶青，你有一件东西要记得还我了，而我也要送你另外一件东西。"

司徒发短信过来的时候，搁在床尾的手机"咯咯"响了两声，仿若短促的鸟鸣，打搅了我本该持续到中午 12 点的好梦。

我睡眼惺忪，按下读取键，并特地注意了一下日期：2010 年 5 月 2 日。

闲来无事的周末里，我总是迷恋于睡眠。

我陶醉于梦中那些泡在潮湿中的旧时光。一个人在虚境里形同幼兽，伸出猩红的舌尖舔舐回忆的痂。那些伤口精致得像小瓷器的瓶口，盛放一生悲喜，又若浸染在夕照中的海水，在不断的波涛汹涌中发出咸涩的味道，猛烈地撞入胸口。

我是如此爱着海。

"叶青，5 月 2 日，记得和我一道去南澳。"

三天前，他站在我家的阳台上向我预约，而我正在清洗自己又留了一季的长发。水是从深巷古井取来的，清幽凛冽，慢慢地搓揉，洗发液散发出的柠檬香气飘满风里。而这香毕竟是短暂的，顷刻间又被浓郁的芳香所挫败。我知道，这是水仙的香。

当时是黄昏，夕阳卸去他高大细长的影子而延伸向未知的角落。他微笑着，拿过放于窗台的喷水器往水仙花浓密的枝叶上喷洒。叶尖伸展在余晖下，金色的光斑愈发明亮，晶莹的水露在花叶上细致打磨了一阵，又轻佻地溅入水里。风中有小粒尘土扬起，碰到他高挺的鼻尖又缓缓落了下来，打在叶上，又被水滴粘住，混在一起，像低像素的镜头窥见得不太分明。

我一边拿着吹风机，一边看着司徒，像在欣赏一幅色彩均匀舒缓的油画。司徒亦转头看着我，眼睛很干净。他轻轻放下有些时日没有动用的喷水器，问我：

"叶青，我真怀疑这些水仙到底是不是你栽的。"

话语中带着小小的责备，抑或疼惜，像指间漏下的光粒，细碎得让人想挽留。

有多久没有人这样责备我了呢？自己不禁浅笑起来，双眼也渐变得温润。

这般亲切的、轻柔的责备，如同一只白色的巨鸟透过云层时掉落下的羽毛，一片接着一片，沾染着纯澈又清新的气息，紧紧贴在身体里某个溃烂的伤口上，细心抚慰。

我心想应是眼里掉进些沙粒了，便用手轻轻揉了揉。

司徒正站在窗边看我，我也便向他走去，并拿起他刚刚放下的喷水器，继续浇灌瓷盆中的花草，不时轻微地弯下腰去拔掉那些长得不算好看或是被青虫蛀坏的叶片。

我对水仙花的钟情与疼惜并不亚于司徒，有时甚至超越了他只是简单喷水的动作。

这个男人现在正痴迷地观察着用来放水仙的青花瓷盆，

神情专注而天真。男人瘦削的脸庞亦藏着可爱。

"叶青，这种瓷器怎么会出现在你家？"

他一向都是如此好奇惊然地对待一些人事。而我对他，自然是习以为常。


拥有这个青花瓷盆的人，其实不是我，是祖母。

我一直都很怀念在漳州平和的时光。

年少的影像里总会浮现出祖母的身影。她亦如世上所有老人一般慈祥，拥有深邃凹陷的瞳孔，脸上漂亮游弋的鱼尾，渐渐脱落的牙齿，说话的时候就像一个咿嚅的婴儿。我喜欢祖母，并热切地希望，年老后的某天，当自己站在擦得发亮的镜子前时，能看见镜子中的自己也散发着同她一样的气质。

祖母时常会一个人头戴镶着印花头巾的斗笠慢慢走到月港那头的海边去，望着远处的海洋用尽一辈子也无法丈量的深情与等待。记得走之前，我都会从漏风的门缝里瞥见她站在镜子前往自己惨白塌陷的脸上补妆，用一些红润的劣质胭脂掩盖那一张失去血色的面孔。她的身子在颤抖，宛若昨夜被雨水打落的红色花瓣，衰败成一地寂然。

我知道，她的年华不再了。

每逢祖母出门，我总跟在她身后，学她缓慢挪步的样子，但每次还是不小心就走到祖母的前头。她慈笑抚摸我留着蘑菇样式的头发，却总也不告诉我深藏在她嘴间仿佛轻轻一抖便会落下的故事。

"阿青，你长成大姑娘后，阿嬷就告诉你。"

她每次总是这么说，然后一个人又安静地向前走去。打耳的海风里，她像去赴一场在夕阳下举行的盛大约会，或是走向总也无法预知的生命尽头。

苍老，一声不吭地走来。

祖母年轻时便长得娇美。鹅蛋脸，眼神澄澈，柳叶细眉，梳着两条用粉色发带系上的马尾辫，嘴角带着总是抹不去的浅笑。她应算是平和小城少有的美人儿。那时人们若是遇见她，都会喊她一声"凌波"，而祖母尚且年少的脸总是会不自觉羞红，像两瓣饱满的小花在她纤白的手中遮遮掩掩。

"凌波"便是水仙。而祖母，热爱水仙亦如热爱自己的生命。

水仙是秋植球根花卉，早春开花并贮藏养分，碧叶如带，芳花似杯，夏季休眠，性喜温暖湿润气候。对于此生能够生在漳州，祖母很是庆幸。这里水仙幽香四溢，萦绕人的每一寸骨节，在清水中生根、长叶到结果，直至脱落后的颓败，按部就班。形同人的一生，从水中抵达，再从水中终结，看似冗长的过程，却终究脆弱不过水仙。

祖母爱水仙甚于其他花草。她常告诉我，水仙鳞茎浆汁有毒，含拉可丁，可用作外科镇痛剂，鳞茎捣烂可敷治痈肿。幼时我皮肤不好，身上常害疹子，大片大片裸露在太阳下时便会爆裂，如闷于火灰里的竹子，一阵噼噼啪啪，热烈地疼痛。那时我就会跑到祖母那里寻求帮助。我看到她在临窗的角落里小心修剪着一些水仙，然后把白色的花骨朵摘下来放在木碗里捣碎，用纱布包裹着做成药捻子拿到我身边。这种花骨朵做成的药捻子有神奇的香味和异常的止血功效，所以我总在体验着肿痛的快感时，将手指蘸满药捻子残渣，涂抹在那樱红色的伤口上，这会令它们愈合得快些。

我早已习惯终年见不到父母而积生出孤独、失落的光阴。忙于生计的两个人，在外苦苦奔波，形同远去的船只从月港开出，漂泊在年少废弃的等待里。

记忆中，父亲时常会在开船前狠命地抽烟，然后再把抽完的烟头扔在鞋底下反复地踩来踩去。母亲则会坐在父亲的船中挥起她蓝白相间的印花纱巾，向我和祖母作别，动作缓慢而优雅，眼角的一丝泪光却总是挥之不去。父亲是船员，母亲则要搭着父亲的客船前往远方的某个纺纱工厂当收入微薄的会计。他们跟祖母说了些许话，声音像搅碎在搅拌机里，变成一摊混杂的稀泥，无法分辨。然后父亲摸着我的小脸，母亲往我脸上留了一个深红的唇印。四个人，相觑而笑。

好像所有的欢颜笑语或者热闹的喜宴只是一场辗转反侧

的梦。

父亲拉响了船笛，母亲怅然走入舱中，行色仓促。高跟鞋咯咯踩地，每一声都精准地钉在我的胸口。背影终究淹没在港口尖利的汽笛声中，戳穿每个人的不舍与别离，成为一阵灰白的风。

年少关于父母的风景大抵如此。

祖母说："若是某天我走了，阿青你会怎么办？"

我抱着祖母使劲地撒娇："会不习惯的，阿嬷对我最好啦！"

她先是笑着，然后一言不发，抖动的皱纹一瞬间平静下来，像退潮的海。

祖母对我的好，总觉得是一种奢侈。

孩童时期，我不爱出门，常常一个人一整天躲在屋子里看《海尔兄弟》《哆啦A梦》之类的动画片，喝花生浆，或是咬些糯米糖，将用完的杯具扔得满地都是，横七竖八的，也懒于收拾。祖母则在一旁帮我收拾残局，言语颇少。她不骂我，也没对我动用一丝怨气。深秋入夜时，祖母会用一只手将我揽在怀里，握住我冰凉的手给我取暖，替我剥瓜子花生的壳，将剥好的果仁一点点放到我手里。

白昼明媚的时辰里，总会见到祖母独自一人在房间里摆弄着水仙花，常常会从窗台搬到漆红雕花的梳妆台上，再从梳妆台搬到床头，最后又搁到窗台。像变化的人事，循环劳顿中总也找不到一处合适的位置。她心中的理想位置，恐怕在反复沉沦的现实中已经难以寻觅。

祖母一直都喜欢在摆弄花草的间隙，教我唱些老掉牙的歌谣。她的双唇专注地翕动，那些裹在黄叶里的闽南语声腔透过游弋的尘土，纷纷扬扬，在时空的脚步里，渐行渐远。

而我，一字一句，一直都学不会。

当然，祖母再好，偶尔也会有不欢快的时候。冷漠自若，脸色阴沉，譬如五月放不开的晴。她在内心藏匿的玄机若有若无，深不可测。

祖母一直都不让我接近她精心照料的水仙。素洁苍绿的花叶下盛放着一个青花纹绘的瓷盆，蓝色的纤细线条在乳白的盆身上精致缠绕，恰若藤蔓蜿蜒纠结，敞口宽沿外折，直径约30厘米。内壁绘一只单凤，一轮矮圈环绕于它，圈中又绘有花瓣状的青花。外壁绘有回首麒麟、富贵牡丹以及花草等图案。

有次我见青花盆上沾染了不少尘土，便拿过搁于窗边的暗色纱布，试图擦掉那些附着其上的浊物，却被祖母竭力阻止。她拖着年老走形的疲乏身骨冲了过来，夺走纱布重重地掷到水泥地板上。

"阿青，不要乱碰阿嬷的东西……等你长大后，阿嬷会把一些事告诉你的。"

她躬下身子对我说话，干瘪塌陷的胸部若隐若现，形同一片曾经辉煌过的废墟，神情慌张，苍老更深层地把她的容颜出卖。

我愣在那里，嘴角剧烈地抽动，眼里的灼热液体正在燃烧着瞳孔。我的眼前一片模糊，还有浸染在模糊中的无知，与伤感。


认识司徒是在几所院校合办的一次小型摄影展上。

司徒的中文讲得相当好，人很绅士，习惯穿各种清淡花色的格子衫，金发碧眼，戴一副黑色框的眼镜。准确点说，他算是那种典型的英国男士，浑身散发着收也收不住的浪漫气息。

司徒是一名留学生，现居于鹭岛的某个知名大学，爱好古玩，特别钟情中国的瓷器。

我问他是否听过《青花瓷》，他轻轻摇了摇头，头摇幅度很小。而我也不建议他去听，十有八九也是听不懂，何必枉然，我想。

司徒文质彬彬地向每一个参观者介绍他的摄影作品，包括我。而我光临他这一小块展区的原因也很单纯，只为了细致打量这样少有的外国男生，而非他精心拍摄的照片。

我承认，我是好色的女生。

"这些照片是我从英国带来的，正如你们所看见的，上面拍的都是瓷器……"

司徒嘴角上扬，礼貌解说着。一字一句，不知为何都让我想发笑，或许是他认真的样子很傻。他的目光在暗沉微光的空间里被一些细小的灰尘拢成两道犀利的剑指向我，坚定不移。我知道，这个英国男子在示意我要尊重他，以及他收集的成果。

我的眼睛很快地便跟随他白皙红润的手指游动，最终在一张明朝瓷器的照片上定格下来。

瓷盘上绘着一只孤单的凤凰，它翘起细长的翎羽、花带，环绕它的是一轮矮圈，圈内是环状的青花恣情盛开，一瓣一瓣交织，如同太阳的光冕。虽然瓷边生出一些黄色的锈迹，但丝毫不会影响落在上面的精致图纹。

几乎一模一样的青花，我在祖母那里见到过。

我屏住气息，听这位陌生的英国男子解释道：

"这是我到非洲的肯尼亚时，在海滨小镇曼布鲁伊的一个古墓拍的，墓塔上镶嵌着这几个中国的瓷盘作为装饰。"

"嗯？"

我欲开口问他，言语却又重新咽入喉管深处。

他似乎察觉到我的小举动，特意看我。我也看着他，半响不说话。

人群密不透风，这寂然的氛围委实把人逼入尴尬的泥潭。

"我叫司徒，你呢？"

"叶青。"

"这所学校的？"

"嗯。"

是他用温柔的声音率先打破了沉寂。而我，几乎要把整个人埋到低处淡蓝色的裙角里。

司徒并没有一直和我搭话。他带着一拨愣头愣脑的人又往稍远一些的展区走去。

我趁机扒下了那张只用双面胶粘着的青瓷照片，毫不犹豫地扒下。

展板上留出了一块空白的区域，像一张哑然无语的嘴巴，抑或伤口。

我庆幸，没有人注意到。


蝉声在突如其来的一天戛然而止，夏天也蜷缩在树枝上的蝉壳里死去。

"阿青，阿嬷她……"

电话那头，是母亲哽咽的声音。

我预感到一个巨大的悲伤正向我袭来。

不愿面对的一些事，却总也逃不掉。

我请了半个月的事假，从离学校不远的车站乘车赶往平和县城。心中一直惦念着祖母，急切地想着，发疯的眼泪与回忆安顿了一路的颠簸与劳苦。

走在平和小城逼仄的石板街道上时已经是入夜时分，行人渐少，一路都是湿浊的水洼，被生锈的车轮碾踏而过。不知道什么时候开始刮冷风，雨水倾斜，在微薄的灯光下是看得见的一枚枚细针。远远地，我就看到长明灯高高地悬挂在祖母的门檐下，凄冷的光点里，一个人行将就木。

父亲把我从祖厅领到祖母的房间，一路上他神情淡然，却也掩饰不住一个男人内心的怅落。

"阿青，阿嬷就在里面休息。你看看她，但千万不要吵到她。"

父亲语气轻缓地交代我，然后把门轻轻带上，小心翼翼。

"阿青，阿嬷终于等到你了。"

我看见了此时的祖母。些许年岁不见，她又在老去的路上走远一大截，直至走向那条路的尽头。她的脸不再擦一点胭脂，惨白如同刚酿出的糯米浆液，天庭凹陷下去，身子骨枯槁得像经霜的黄叶，被秋风抽干了仅有的一丝生气。

我能在她失色的瞳孔里看到死亡下发的讣告。

"阿嬷，你好好休息，病好啦，我还要听您答应给我讲的故事哩！"

我强装欢颜，一头叫作哀伤的恶兽却已在啃啮自己的五脏六腑。

祖母虚弱地笑着，骨节小幅度地抽动起来，发出咯噔咯噔的微小声响。她用双手竭力地将干涸的身躯从床板上撑起来，一点一点起身，望着我，看着看着便流出了眼泪。

我连忙跑到床边，用手掌按着祖母孱弱的肩膀。

"阿青，你真的长成大姑娘了呀。"

祖母吃力地伸出她干瘪的手掌捋着我的长发，每一根凸起的青筋在接近透明的皮囊里剧烈地颤抖，总也按捺不住临行的哀伤。

蛾眉月藏在树影里，半遮半掩，星光很稀疏，我在昏暗的房间里愈渐看不清祖母的脸。

祖母叫我把放在梳妆台上的寿衣拿来，然后她自己动手解开衣扣。我试图帮她，却被她拒绝。

"叶家的女人死前都是自己换寿衣的，几百年来都如此。"

我背过脸去，不敢正视她的身体。此时此刻，"叶家的女人"在她口中仿若拥有魔一般的力量令人感到莫名的害怕，尽管我也是叶家的女人。

祖母把寿衣换好，大小适宜，寿衣将她枯槁的身体包裹起来，露出异常诡异而惨白的脸。我转过身来，穿了寿衣的祖母还是祖母，我并没心生丝毫畏惧。

"阿嬷，你穿了这衣裳也很漂亮哩！"

我狠命咬住内心喷薄的低沉情绪笑道。可祖母没有搭理我，只是低头用自己焦灼的手将缎面的薄衫认认真真地叠好，又推平双手将床单撸平。我想她肯定生气了，生气我的疏远，这是老人惯有的坏脾气。床单床沿都撸平后，祖母指了指窗边的那盆水仙，示意我拿过来。

我立马起身，端来用瓷盆盛放的水仙，把它轻轻放在床边的案台上。

微弱的光线下，依稀能看见瓷盆底部从眼中滑过的红色字章——"万历"。久远的时代，连同一段绵长的故事，隐秘地藏在水仙的底端，暗无天日。

"阿青，你大了，作为叶家的女人，阿嬷要说一个故事给你听。"

祖母一直坚守着她所不易提及的故事，就为了等我长大后告诉我。那些崇高的信念支撑着孱弱的肉体长年累月地同各种疾病相处。我总觉得对祖母亏欠太多，自己长大的过程未免太漫长了。

故事的末尾，祖母气息微弱地靠在水仙花绽放的花叶下，竭力地呼吸，如同火盆里即将烧尽的炭灰。

我突然想起，挎包里还放着一张从英国男人那里取得的承载自己诸多疑惑的瓷器照片，便匆忙跑出屋去取。

回来时，长明灯灭了，祖母已经静静地睡下。她平展地躺在一口实木棺材里，盖子也是块厚重的木料，用蜜蜡封得严严实实。祖母睡过的床还在那里，蚊帐整齐地挂着，被子也是她生前仔细叠好了的。匆忙间案台上的水仙花并没有人记得移开，墨绿的叶尖褪去了些许浓艳，颓唐地蜷缩着身子，像伤心的小孩。

我知道，她要开始一段时长未知的沉默，长达几生，或者几世。


司徒找来的时候，我颇感惊讶，内心一阵发凉。

日光从枝叶逐渐稀疏的树木间漏下来，一缕一缕，光线里面是清晰分明的游尘，飘忽不定，好像伸出手就能抓住。

他站在我们学院旁一棵久经风雨打磨而发光的樟树下，问道。

"叶青，你也喜欢克拉克瓷，是吧？"

他继续看着我，碧蓝碧蓝的眼睛很温情，似乎快流出澄澈的溪水，将我温柔地淹没。

"感觉你是个有意思的漳州女孩，我想结识你，可以吗？"

"嗯。"

我的双唇不自觉地动了一下。

原来他并不知晓是我顺手扒走了他的宝贝，呵呵。我心里侥幸地笑起来。

至此，这个中文名叫"司徒"的英国男子就突兀地走进了我的生活。

他时常会趁着周末从鹭岛那边的校园搭半个小时的船程到我这，然后我们便凑在一起，闲散地走在街上、柏油路上，偶尔也会到邻近的上岛咖啡馆里坐坐，聊些异域风情、学业问题或是杂七杂八细碎的冗长的无关风月的东西，遇到友好的生人他亦会热情地打招呼。

而我们说最多的无疑是天文地理，还有他挚爱的china（瓷器）。

"叶青，漳州在明朝时也是一个盛产瓷器的地方。"

"嗯？瓷器不是一直都盛产在江西那边吗？"

"不是。它在后期又发生了一些新的变化。"

司徒端起用白瓷盛放的咖啡，在嘴边抿了几口，接着娓娓道来。他的眼里有我迷恋的纯澈蔚蓝，是来自泰晤士河的波光。

"青花瓷还有一个别致的名字，叫'克拉克'。"

我眼睛眨着眨着，听他往下说。

"准确点说，克拉克瓷只是青花瓷的一种，之前是专门作为外销瓷销往欧洲和其他国家。"司徒又提醒了我一下。

"大概是在公元 1602 年吧，荷兰的东印度公司在海上捕获了一艘葡萄牙商船'克拉克号'，船上装有大量来自中国的青花瓷器，因不明瓷器产地，那些欧洲人便把这种瓷器命名为'克拉克瓷'。在 20 世纪下半叶的阿姆斯特丹，举行了一场中国瓷器拍卖会。会上所拍卖的均是从 16 世纪至 17 世纪沉船中打捞出来的中国瓷器，其中就有被称为'克拉克瓷'的青花瓷器。

叶青，其实还有很多古沉船上有这样的瓷器，像沉没于 1600 年的菲律宾'圣迭戈号'、1613 年葬身于非洲西部圣赫勒拿岛海域的'白狮号'，埃及的福斯塔遗址、日本的关西地区等均发现大量的'克拉克瓷'。但是，你知道吗，这种盛产于中国的瓷器在国内却罕见收藏。考古界根据其工艺、风格、纹饰特点，推测它就是明清所产的青花瓷。而在 20 世纪 90 年代，在对你们漳州明清古窑址的调查与发掘过程中，也找到了烧造所谓'克拉克瓷'的窑址和销往英国、日本等国的实物标本。"

司徒说完，用他仿佛奶油做成的手指轻轻弹了一下我的头，略显得意地笑着。

我从迷津中恍过神来，顿时觉得眼前的异国男子有着一身厚重的历史味，不输须发斑白的老者。

他讲这些史实的时候，口若悬河、信手拈来、头头是道。

而我生于斯，长于斯，竟然一无所知，不免羞愧难当，小脸一个劲地发红。

　　"叶青，你先前看到的那些照片也都是克拉克瓷，那是我在自己国家时专门到博物馆里拍的。"

　　看得出，他很得意，但是很快他又有些许沮丧。

　　"不过，在前一次的摄影展上不知道被谁给拿走了一张。那人实在太可恶了，要是被我抓住……"

　　我的眼神一下子不知道该放在何处，就把头低低地埋在一杯香浓的咖啡里，在时间的拖延下，很自然地假装没听到。


　　祖母临终时说的故事，其实在叶家已经流传了很久，但就像祖母说的，只有叶家的女人才有资格珍藏这个故事。

　　据《平和县志》记载，1513 年，平和、芦溪等处爆发农民起义，王阳明发二省兵众，平定叛乱后，为安抚地方，选留随军兵众，在各新建置的县治衙门充当杂役等，与当地百姓共建平和，士兵中有来自江西的制瓷能工巧匠。

　　入明后，"东方大港"的泉州港已经衰败，取而代之的是漳州月港。码头星罗棋布，商业繁荣。平和县的外销瓷就是在此时悄然崛起。月港的海上贸易空前繁荣，瓷器又是对外出口的大宗商品，当地百姓因此得了厚利。

　　明朝万历年间，景德镇制瓷业出现原料危机。窑工反对陶监的斗争，最终酿成火烧御瓷窑厂的暴力斗争，造成景德镇外销瓷生产的停滞。东印度公司的老板手持景德镇瓷器样品和西方人喜爱的图样四处寻找供货方，沿海漳州窑成为替代景德镇瓷器的生产基地。1621 年至 1632 年间，东印度公司曾三次在漳州收购瓷器，数量动辄上万。在当时海禁情况下，他们多动用当地私船运载瓷器前往海外，不少私船主为了牟利雇佣了许多船匠、船工铤而走险，这其中就包括来自漳州平和的一位船匠，名叫叶芝章。

　　叶芝章第一次见到恢宏的运输场景时自然是惊诧的，他曾将这些情景反复讲给家人听：那舱内整摞排列着上万件的瓷器，主要是青花瓷。器形有盘、盆、碗、碟、钵、器盖、杯、瓶、粉盒等，其中以绘有人物、花卉、动物图案的青花大盘为主，直径多在 30 厘米左右，最大的直径为 34 厘米，大盘底部均无款，但其余器形底部大多有"福""禄""富贵佳器""万福攸同""佳寿""余造佳器"等款。部分器物底部有"大明年造"款铭。

　　叶芝章也跟着商船先后到过占城、爪哇、苏门答腊、锡兰……回航时常常会带回一些奇珍异宝，比如五光十色的珠玉、洁白的象牙等物品。这样的男人自然是风光的，当地人对叶家自然也是内心油然而生的钦羡。

平和叶家的族谱上记载，叶芝章于万历年间的第三次远航后下落不明。他的妻子叶曾氏笃信着对夫君"下落不明"的预言：叶芝章只是未归，迟早有一天他会回来。

容貌姣好的叶曾氏日日守在家中，紧紧抱着丈夫走之前偷偷留下的一个外销瓷盆，期待自己的男人会再次把一大袋的宝石、象牙，以及气味异常的香料植物放到自己面前。

而等待常常是一个让人身心疲惫的动作。

白发苍苍的叶曾氏终究败在了时间的利刃之下。她躺在床上，将一个平日里最为信任的叶家女人叫到了跟前，递给她那个丈夫临走时留下的青花瓷盆，交代了那个自己坚守到死的预言，并要求叶家的女人们今后都得嫁给当地的男子，且要钟情于自己的男人、不能再爱上别人，也不能允许自己的男人背井离乡，这三点若有一点没做到便会有厄运降临，而且会祸延后代。而破解的唯一方法是，等到叶芝章或者他在异国繁衍的子嗣回来。

叶芝章和叶曾氏的第二十代是个女孩，按规矩她没有资格拥有叶氏祠堂给的辈字，更上不了族谱。她的祖母叶朱氏就给了女孩一个单字：青。

青，青瓷，青花瓷，纹绘青花的精致瓷器。

我和司徒正在探讨那些在摄影展上展出的照片时，天突

然开始阴沉下来。风压得很低，在四处寻找躲藏的地方，树
叶婆娑着吹向一边，像鸟群抖落的薄翼相互紧贴。

感觉漳州、厦门的五六月是泡在雨里的。流水在这里，
是看得见的时光。

"照你上次的说法，不就意味着中国商船在明代晚期就
已经能经常性地到达非洲东岸甚至是绕过好望角。这样不也
就间接印证了郑和船队要比你们西方早近百年发现非洲好望
角了？"

我坐在司徒宿舍的阳台上，随性地摇了摇悬在衣架边的
风铃。而司徒正在屋子里泡着咖啡。

"我是这么想的。"

"那你说，那座叫曼布鲁伊的海滨小镇上会不会有中国
人的后裔？他们有一天会不会回来？"

"或许。"

司徒不紧不慢地吐出两个字，像吐出晕人的烟雾一般舒
缓，然后看着我，又露出他标志性的微笑。

"或许？"

"嗯。"

这回他肯定地点了一下头，便招呼我进屋喝他亲自泡制
的卡布奇诺。

音箱里放出的是皇后乐队的乐曲，诡异、黑色而精致的

曲风亦如这个时节多雨的景致。

司徒很迷恋这样具有英国金属味道的歌曲。

我看着他，发觉自己已经站在他无限深邃的眼睛里。

不得不承认，我已经开始爱上同这个叫"司徒"的英国男子相处的时光，以至于自己在梦中也常常毫无戒备地遇到他。

我站在祖母以前精心照料的水仙花面前，盯着白色的小花朵看了半会儿，突然注意到刚刚擦拭干净的瓷盆上又沾染了不少浑浊的尘埃。我拿过暗色的纱布正准备擦掉它们的时候，一个人影出现在我眼前，不是祖母，是司徒。金发碧眼，身型消瘦，帅气如初。

他拉住我的手，并把纱布从我手中拿开，轻轻放到了蕾丝花边的窗帘下。

"叶青，跟我走吧。"

他叫着我，声音轻柔得像夏日里迎面吹来的一阵凉风，风里还带着水仙的幽香。

风愈渐大了起来，我们走出祖屋，坐到一只白色巨鸟的翅膀上。那只鸟有一双鲜翠色的眼睛，像绿宝石镶上去一般迷人。在辽阔蔚蓝的天宇下，一望无际的尘世、浮云，渐隐渐现，秘密一般开落。

我看见那些漫长无期的时月犹如一枝繁盛的红花，越过时间耸立的栅栏试探到我眼前，颜色鲜艳至极。

"叶青。"

金发碧眼的司徒又一遍轻柔叫我。

"叶青。"

司徒的双手从我身后环绕而来，他抱住了我。

"叶青。"

司徒理得干净而润滑的腮帮渐渐靠近我的脸颊，渐渐地靠近，靠近。

"青！"

突然我听到瓷器破裂时发出的一声脆响，恍若隔世地传来。那些妖娆的青花挣脱了素洁的瓷身，它们迅速地生长、蔓延、缠绕，把世界切割成若干个或大或小的空间。这些空间又愈渐缩小，小到一条缝隙，缝隙里又漏出许多风，冷冷地带着咸涩的味道，仿若从磅礴的海中吹来。

青色的光不断地积蓄，最后以盛大的喷薄瞄准四面八方。

司徒和大鸟都不见了。

而我也从天空摔下，落入不见底的深渊，什么都看不到。

这样的梦是让人惊心的。


祖母最先爱上的男人其实不是祖父，而是另外一个人。

他叫朱安海，有着月夜下海水一般的眼神和好看的笑容，短发，手指修长，生在海边却没有海边男人所特有的坏脾性，皮肤在风吹日晒后还是一样的白净。

年轻时的祖母长得美，自然认为自己的如意郎君也应和自己一般，这样方能成全自己那做了经久的美梦。

朱安海便成了她心中的不二人选。

祖母经常坐在渔船上，听朱安海用磁性的声线勾勒大海、鸥鸟以及小白塔的模样。他的歌声里波涛是安静的花朵，在阿嬷的心上成团成团蔓延开来，一发不可收拾地把她包围，铺展成芳香柔软的梦境。祖母时常会听着听着，便一个人靠在甲板上睡着了，朱安海每次都会脱下自己的衬衣轻轻盖在阿嬷的身上。

祖母喜欢在沙滩上把自己的裤脚撸到膝盖上，然后光着脚丫在退潮的海浪声中奔跑，两束马尾辫一甩一甩，在风里恣情飘散。她要为朱安海捡最美的贝壳，为它们打上孔，系上线，做成一串串的项链送给他。

就在祖母准备送给朱安海第五串自制的贝壳项链时，朱安海走了。

祖母站在朱安海的两层小平房前喊了一个早上的"朱安海，你出来呀！"只有风回答了她，人去楼空，悲伤在海水咸涩的味道里无止境地徘徊。

祖母抹了抹眼泪，一路跑到月港，心想朱安海的船只或许还停泊在那个地点，或许正在等她。她越想，跑得就愈加急促，任发丝在风里凌乱地舞蹈，也无暇顾及。

她到达的时候，船已经开走了。祖母远远看见了船上的那个人，是朱安海，他的背影已经在大海中漂得愈加发白。

祖母竭力地挥手，大声叫喊着直至声音沙哑，却也于事无补。

她的牙齿咬破了嘴唇。

时光的巨轮缓缓挽起的刹那间，一些人事即使沿着旧址也无法再次回到最初的地点，只能可怜地沦为记忆中的某个冰凉的点。

祖母嫁给祖父后，她就要在叶家的老女人死后继承两件物品：一个青花瓷盆，一个无期的预言。一个女人再也没有权利再爱另外一个男人了。可是她每日想最多的还是那个叫"朱安海"的男人，作为一个女人的心已经完全被那段远走的记忆占据。

后来，就在祖母嫁给祖父的第九年夏天，海上刮起了大风，出海作业的阿公和他瘦小的船只一道被卷入了海浪里，意外地死去。

祖母站在海滩上沉默地看着夕阳，傻傻地笑起来，内心的孤苦仅仅只是一个发端。父亲那时才8岁，什么也不懂，只一个人在一旁的沙礁里抓蜘蛛大小的螃蟹。

悲伤的岁月被横穿而过。

祖母远远地似乎又看见那个不告而别的男人回来了，越来越近，向她驶来的船只牵动着她的心。

确实是朱安海，那个模样依旧清秀没有被时间过多磨损的男人，回来了。

祖母脸上的青筋剧烈地抽搐，她奋力向海浪冲去。九年，太长的距离，她想一瞬间把它缩短成十米、五米、三米，甚至一厘米。

浪花猛烈冲击着她，祖母一头栽到了浅岸的海水里。突然间，一股巨大的力量把她牢牢箍住，止步不前。

"叶家的女人"，祖母想到了那两样东西，顷刻间失魂落魄。她慌然转过身去，上了岸，直拉走玩螃蟹正酣的父亲往家赶。父亲没有玩尽兴，一路哭着吵闹着，而祖母，眼里的湿红却忍了一路。

女人终究没有再见到自己最心爱的男人。错过，不仅在一次转身之后，无期的守望亦会得到如此失落的结局。

朱安海接走了他年逾半百的父母，到深圳娶妻生子去了。

这是祖母后来听渔村里的人讲的。她还知道，那天朱安海在她以前住过的房子前待了一个上午，临走时，他把祖母曾经送给他的四串项链挂在了已经锈蚀不堪的窗子边。白昼下，贝壳项链发出微弱的白光，像两个人的叹息。

祖母时常也会一个人走到月港去，戴上那顶镶着印花头巾的斗笠。或许是去等朱安海的船只再次靠岸，或许是为了那个可笑的预言：叶芝章在异国繁衍的子嗣有一天迟早会回来。

在废弃的港口边，她慢慢地徘徊。

破解诅咒的路途，漫长又可笑。但祖母说，即便走上一辈子，她也愿意。

事实上，她已经做到。

再次见到司徒，是在从漳州开往汕头的客轮上。我们所要抵达的目的地是：汕头南澳岛。

这座岛屿地处闽、粤、台三省海面交叉点，辽阔的海域是东亚古航线的重要通道。南澳在明朝有"海上互市之地"之美誉，史载："郑和七下西洋，五经南澳。"

说起前往南澳岛的原因，是因为这些时日电视和报纸都在花大篇幅地报道关于打捞明朝古沉船的新闻。这无疑又引起了司徒的惊奇与兴趣，在他难却的盛情下，我也便陪他前来。当然这只是从客观上讲的，其实更多驱使我前来的是自己主观上的意愿。

无形之绳隐隐把我牵动，总想使自己把一些无法契合的事件探寻得水落石出。

　　我坐在客舱里最后一排的船位上，头靠在打开一条缝隙的玻璃窗户上，风携带着海水的气息迅速地钻进来。我满脑都在想着一个叫"叶芝章"的男人，他在四百多年前也从这条水路上经过。船上人员不多，我和一位乘客的中间就空着一个座位。而在几百年的时空里，叶芝章与叶曾氏之间也空着一个座位。这个座位，隐喻着多少人几生几世的隔阂。

　　司徒坐在甲板上，专注地摆弄着他那咖啡色的单反照相机。阳光落在他金色的短发上，风微微扬起，他像一个不真实的男子，仿佛只在清新的油画中才有。

　　不久之后，船上的汽笛便开始一番欢快地鸣叫。司徒兴奋地走进船舱内。

　　"叶青，南澳岛到了！"

　　他用白皙的臂膀扶我慢慢下了船。我很自然地挽着他，并把头悄悄倾向他的肩膀。

　　司徒看着我，眼里是一贯的温情。

　　大海在缓慢地起伏着。

　　内心里踌躇等待了许久答案的目的地，我正一步一步小心走近。

　　叶曾氏在四百多年前留下的预言，无形中也不知捆绑或是摧毁了几代叶家女人追求自由的梦想。而今，该是解开的时候了。

司徒突然把他那张棱角分明的脸朝向我。

"叶青，我的那张'克拉克'带来了吧？"

"嗯？"

我讶然地看了一下司徒，随即又笑出声来。

"噢，原来你都知道啦。嘻嘻，在这。"

我用手拍了一下身上的粉色挎包。

"那你在短信上说要送我的东西呢？"

"就在前面了。"

"前面？"

"嗯。"

"司徒！"

我第一次亲昵地叫着这个英国男子。

这座小巧美丽的岛屿上，不断有鸥鸟穿梭云缝而抖落下白色细碎的羽毛，飞扬在斑驳的灯塔之上。海风带着鱼群和海藻的庞大气息，轻轻抚摸过每一个人的脸庞。

明朝万历年间，一艘满载着粤东、闽南以及江西一带民窑瓷器和大量铜钱的商船，沿古代海上丝绸之路航行至南澳岛附近的海域时，遇风暴而沉没于南澳岛东南岛屿与半潮礁之间 27 米的深海底。直至今日，人们才渐渐揭开这艘古沉船的神秘面纱，这就是"南澳 1 号"。

其实，那位来自漳州平和的船匠叶芝章，从未离开过中

国的海域。他和自己所在商船就睡在这片深海里，只是这一
觉一睡就是四百多年，漫长得令人无以等待，只得扼腕吁嗟。

而关于叶曾氏的预言和诅咒，原本便只是一场盛放在青
花里的虚妄的梦。

浓郁的水雾中，那些受控的舵盘总是难以寻觅到清晰的
航向，多少人走丢在了生命模糊的描线上。

# 你好，月亮男孩

许多人在这世上总是对遥远的某些地方充满好奇，而对自己脚下所在的土地常常一无所知。

那些犄角旮旯，那些地名，某一天再次面对它们，剔除掉往日表面的熟悉感，深入时间的深处，发现自己对它们的认识其实是那么的陌生。

它们是什么时候出现的？为什么是叫这个名字？不会有太多人去关心这些。

长久以来，我也是这样的人，直到疫情到来，直到自己在月津某片街区遇见了一个男孩，他如月亮般孤独，也如月亮般迷人。

这片特别的街区是我偶然发现的，它给人的气氛，像一位神秘的西洋贵妇人。

入口的牌子上写着"Lune"这个词汇，但不知道为什么旁边并没有注明对应的中文，使我一度觉得是做路牌的师傅忘记了。我刚看到它的时候，就想给它找对应的中文，却如同找遍了拼图碎片始终无法找到准确的一块嵌入，后来想着这个世界上很多东西本身便是唯一独特的，无法找到替代或解释。我便放弃了。

街道两旁有梧桐树，栽着鸢尾和郁金香，这样的风格并不像当地的城区景观。可能是当地新推出或复原的文化街区吧。

因为一种新鲜，一种好奇，我开始喜欢夜里从这里走回家，用满心的勇气和对前世溯源般的偏执，在此孤行。作为中文系女生，可能早先《红楼梦》看多了的缘故，一直相信前世的自己是一株在暗夜生长的植物。风中倾尽一生，要去解自己跟一个男人的情缘，却只是从某个人身旁默默途经，几番轮回后依然与对方不断错过。


这是我第 15 次走到 Lune 街区。

圆月极其明亮。街道上依旧无人，却播放着轻柔的音乐，晚风夹杂着乐声吹向四处，有露水已经爬上石砖、藤椅，夜晚的世界似乎要开始做着略显潮湿的梦。

我望望四周，再次确定没有人，舒了口气。想想也是，因为疫情的缘故，大多数人都待在家里了，也只有我这样误打误撞的人进来吧。

此时，街道上的音乐也格外舒缓，非常适合独自翩翩起舞。

于是，我摘下口罩，摘下这些被束缚的日子，深深地呼吸，自由地旋转，我的头发在飘扬，我的裙裾在飘荡，整个人像一朵肆意绽放的白花。

多美好，这无人瞩目的世界。

顷刻间，我不禁笑起来，心想真是落寞太久了，此刻自己要在暗夜底下做一只小妖，等待英俊的魔法师到来，将我降服。

某次，我照例独自在这无人的街上玩耍，转身的时候，竟然撞到了一个男孩，他肩膀微薄、略显冰冷。我全身缩了回来，心口跑过慌乱的鹿群。

我记得非常清楚，自己从 Lune 街区穿过的 14 次过程中，无人经过这里。曲折幽深的街道像一个只对我开放的秘径。郁金香、鸢尾花、中世纪般复古的路灯、精致而老旧的欧式建筑，宛若组成了我的一个梦境。我如同一个梦游的女子，不知不觉间正进入花蛇的腹中。

但就在今天，我居然没注意，撞到了一个人。碰到对方的瞬间，我对自己这样旁若无人起舞的行为感到一丝丝羞赧，

急忙从裤兜里掏出口罩戴上。有了口罩这种类似面具的物件来隐藏自己的脸，人似乎才能找到一点面对世界的勇气。

那个男孩倒没怎么理睬我，戴着口罩，冷漠地由旁边走去，似乎是在表现出他对我的存在并不在意。

我站在原地，愣住了，看着他的背影落到了黑夜的更深处。

他身上似乎能发出一丝银光，即便身旁没有路灯照耀，他身上的光也依然在，似乎那是月光的色彩。当然，这或许只是自己的幻觉。我这样想。

Lune 街区的存在仿佛也是一种幻觉。

若不是因为疫情期间害怕人多的路上有受感染的风险，我根本不会从区图书馆自习完回来走进这条路。这片街区像被岛屿遗忘的某个部分，白天里街区的路口总是被大卡车挡住，或是被超商的大箱子堵住，路牌也看不到。人都注意不到它的存在。

它宛如只在夜里开放的秘密花园，而我有些自私，一直都将它视为自己的个人空间，所以对此刻从这里途经的人不免感到一丝诧异。


再遇见他时，是我从 Lune 街区穿过的第 30 次。

自从上次之后，我开始收敛，不再随意起舞，生怕自己再撞到别人，或是被人当成疯子。我只静静走着，手里抱着最近比较感兴趣的关于法国文学研究的书籍，里面有萨特的《恶心》与波伏娃的《第二性》的介绍，这些作品很让接受传统中文专业教育的我在认识世界、思考人的本质上受到诸多启发。

走了一会儿，我停下来，想把书放到挎包中。

忽一瞬间，感觉有风从背后吹过来。

我转身，看见了他，脑海忽然空白一片。

他依然旁若无人地路过我，身上衣服与上次无异，蓝色花纹衬衫里是一件全白 T 恤。我瞥见了他的正脸，头上是小卷发，皮肤白皙，即便有口罩遮挡，也能判别出那张小脸轮廓分明。他眼里透出一种深深的蓝，在月光下闪着，眼角不上扬，也不垂下，让人推测他脸上应该没有太多表情。

难道我是不存在的人吗，他怎么一点反应都没有？我正想着，未放入包内的书这时从手边滑落，重重摔到地上。

他突然回头，走来，帮我捡起书，并拍了拍上面的尘埃，然后递给我，目光依然冷漠。我蒙了，尴尬地站着，这一幕场景显然出乎意料。不知道这世上是否还有人遇见过我此时正碰到的事情，堪比爱情电影里男女主角相识的经典情节，在一个如此寂静的夜晚，一个让人心动的陌生男孩就站在自己面前。

"这是《法国现代文学史》吧。"

我羞涩地接过书，过了一阵子才反应过来，他居然是在跟我说话。

"嗯，对，是《法国现代文学史》。"我莫名紧张，重复着书名。

"那本书的封面真让人过目不忘，以前在法文学校上课时我都枕着它睡觉。书皮都快被我的脸蹭掉一层颜色了。"他很奇怪，自己讲到笑点时，语气也依然平静。

"你毕业了吗？"我问道。

"还没有。在法文学校上到一半时就被家里人遣送来这里了。"

"送来这里？怎么可能，哈哈，这里不就是……"

还没等我问完，他就不言一声走开了。我眼前猛然掠过一丝疑惑，心中飞出受惊的鸟群，在月光底下扑哧扑哧飞逝而去。

白天，我基本不从 Lune 街区走。

原因简单：首先，我是夜猫子，白天爱睡懒觉，醒来后为了节省去图书馆路上走的时间，我会找较近的路线，而从

Lune 街区走到区图书馆要绕一大弯子；其次，Lune 街区白天总被车辆、货物封得死死的，基本过不去，它似乎只有到了夜晚才对人敞开。

我喜欢这片街区安静与神秘的气息。特别是在遇见了他以后，我总希望夜色可以一直浸染着 Lune 街区，这样以便我能够在许久等待后再次看到他。这样的想法在我心底变的日渐迫切起来，仿若一棵树不断汲取所有回忆的水源而茁壮成长。


当我第 45 次从 Lune 街区穿行而过时，看到月亮是同第 30 次时一样饱满、明亮。

清晨我要出门的时候，电视里的天气预报说，晚间将会下雨。到了晚上，这雨好像失约了。我一根手指勾着雨伞挂绳，不断晃动着折叠伞，左甩一下，右甩一下，只见月明星稀，梧桐树下不曾滴落谁的销魂泪。

不过世事难料，科学预测还是有它存在的必要，因为这雨随后便淋漓落下。路上瞬间水雾迷蒙，鸢尾、郁金香的花瓣在雨水浇灌下失去了盛开的欲望。鞋底与地砖在触碰间发出并不悦耳的摩擦声。

男孩这时出现在了雨中，迎面走向我，他没有打伞，全身湿漉漉的，仿佛一棵湿润的月桂，那张俊秀却又忧郁的脸依旧藏在口罩下，透出光来。

我对眼前这个陌生的男孩心生爱怜，竟然都顾不得女生该有的优雅、矜持，直向他奔过去。

由于伞太小，我便将较多的伞面倾到他一侧。他似乎察觉到了，身体在短暂僵直之后，便从伞下走出，来到了雨中。

"喂，你停下啊，快停下！"我边喊他，边迎着他跑去。

伞又撑到了他头上，他这下停住，没躲开。

我轻轻松了口气。

此时发现在我们右侧有一家电影院。红黄色的光晕从里面渗出，投射到雨中的路面，像放映着另一个时空的影像。

"我们先到那里避雨吧。"我指了指那家影院的门口，他点了点头。

雨越下越大，势如破竹落下。在雨声喧哗中，我不时偷偷看他几眼，心跳也在那么庸俗地加速，幸亏被这雨声盖了过去。

流水画出世界的线条，仿若油画般耐看的陌生男孩，此时所有的细节都是温柔的。他安静站立，身影如从漫画中拓出一样，且发出一层银色的微光。他依然没有看我，是那月球的冷光孕育出的男孩。

下雨的好处，或许便是能够放弃诸多事情，只是在某处屋檐下站着，什么也不用做，就这样站着。身后有扇门这时被推开，走出来一个人。

我好奇，往身后转头看去，只见一外国中年男人，金发碧眼，面颊瘦削，额头有时光留下的皱褶，高挺的鼻梁将口罩撑出峰峦，身材匀称，整个人看过去蛮有风度。

"你知道这雨是什么时候落下的吗？"他用法文对我问道。

我愣了一会儿，身旁的男孩给我翻译了一下。随后，我脑子里冒出零零碎碎的英文词汇，很蹩脚地回答："大概是半个小时前。"

男孩颇无语地看着我，并在我耳边小声说："对方是用法文问的，你为什么要用英文回答？"顺道，他又将我的回答用法文向那个男人复述了一遍。

男人朝我们笑了笑，随即说道："影院此刻正在放经典老片，你们俩可以进去看看。"

我虽然对法国文学书籍感兴趣，但多半看的都是中文译本，真正面对需要讲法文的时候，我就是个哑巴了，此刻根本不知道这个外国男人在说什么。

时间在雨水里尴尬泡着，我的脸红了。

男孩这时看了我一眼，旋即说："这雨应该一时半会儿也不会停，那我们就到里面看看。谢谢您。"

随后，男孩示意我进去，我惊诧地看着他。

"所以你不会法文，日常只是看中文译本？"他从口罩内飞出嘲讽的问句，也不看我，自己直接朝影院走去。

我没回答他，羞愧难当地低下头，真想将自己埋于积蓄已深的雨水中。

电影院其实也跟这场大雨一样突如其来，让人不免生出惊奇之感。三三两两的人坐在这迷你剧场当中，他们都戴着口罩，是金发碧眼、身型高挑的一群外国人，可能是情侣，也可能是朋友，幕布上放映着一部有些年头的法文片。我似乎有一种来到异域影院的错觉。

"抱歉，我近视，可以坐前面一点吗？"我害羞地说着，轻轻扯了一下他的衣边。

他依然喜欢用余光看我，并冷冷说道："谁让你不戴眼镜？"

"这个……"我回答着，"你不觉得戴眼镜的时候，眼睛像被什么框住了吗？那种略显压抑的感觉，我不喜欢。如果疫情不严重的话，我其实连口罩也不想戴，太束缚人了。"

"你真有意思。"他眼角微微上扬一下，随即又放下来。

我们在前面找了个位置匆匆坐下。

影院里放映着20世纪80年代法国经典爱情电影《初吻》。

苏菲·玛索的银幕处女作。那时初出茅庐的苏菲·玛索是一朵十七岁的法国玫瑰,有所有女生都羡慕嫉妒的漂亮,那精致的面庞、流萤般的瞳孔、少女时代的清纯与可爱,在荧幕上丝毫毕现。

影片里,男孩站在女孩身后,将耳机戴在了女孩头上,音乐响起,是理查德·桑德森的《Reality》。电影伴随着一阵玫瑰悄悄绽放般的乐声结尾,牵引出藏匿在我们心底深处最初的秘密——那个青春时永不褪色的梦。

影片放映结束后,我依然默默地坐在座位上,眼泪不知不觉流下来,而他身上始终保持初见时的那种冰冷。呵,真像一缕月光落在我的身旁。

"你似乎无动于衷,这部电影不感人吗?"

"类似的看多了。一种事物经历久了就没什么感觉了,就像……爱。"

"你……谈过恋爱?"

他沉默许久,当我快放弃他会说点什么时,他从口罩里漏出一句:"都过去了。"

我听着这云淡风轻似的语气,笑了,但很快跟他保持一样的沉默。

不知是过了多久,可能有半个钟头,影院里人群四散走光，之前跟我们说话的外国男人这时在清扫地上的爆米花碎屑以及谁遗落的口罩。耳边依稀还能听到雨声，但似乎已经比先前小了一些。

男孩起身，要往门外走去，我跟在他身后。

夜有些深了，自己要回公寓了。我心想。

雨仍下着，我一边看着没带雨伞的他，一边在影院门口踱步。

之后我也不想再等什么了，就很干脆地跟他说："我就住在这附近不远的地方，这雨恐怕暂时还停不了，这把伞你就拿去吧，别淋湿自己了。"

他显然没想到一个女生原来也可以对一个男生说这样的话，有点吓到，眼睛骨碌骨碌看着我。目光顷刻间变得极为温柔，像从山溪中汲取的清泉一样，洒过来。

我没有顾及他的反应，把伞放到他身旁，我就径直跑掉了。却心想他会不会追上来，将我喊住，然后把伞还给我，说不定分别时还会拥抱一下我。

在这潮湿淋漓的雨中，我非常期待他的拥抱。但现实是，直到我跑出街区，对方也没追来。

雨下得大，回来时衣服湿透了，看着水滴从发梢、额头接二连三滑落，地上很快都是水。我赶紧走进浴室洗澡，出来时拿起吹风机呼啦啦吹着头发，看到镜子中的女孩是那么的傻。

是从什么时候开始，自己变成这样的？吹风机继续剧烈地蜂鸣，我依然傻笑着。

而后，我继续每天晚上从 Lune 街区经过，但已经好些天没见到他。

我心里有些失落，像一头鹿掉入夜色的山谷。

头顶的月亮是缺的，我的心也缺了一部分。

第 60 次途经这里时，月亮恢复了圆满的状态。月光洒下来，我又遇见了他。

他迎面向我走来，整个人依然冷冷的，落寞如霜。我刚想开口问他什么，他先我一步，邀我坐下。

我们坐在一张长椅上，中间坐着风与飘落的叶子，像围观一场爱情的观众，可惜，要让它们扫兴，我们保持长久的安静，仿佛都在等待对方先开口。

路灯的光线打在他身上，有柔和的色彩。他此时看上去也似乎显得不那么冰冷了。

"你……怎么今天才出现？"他先问。

"啊？"我愣住，自己本想先问他的，"这些天你也在这里等我？"

他口中随即要漏出点什么，却又停下，语气略显低沉，改口道："对不起，伞今天没带来。"

"没事。"我对他笑了笑，又轻轻问，"你今天好像……有点不开心。"

这其实是我遇见他之后一直存在心底的疑问：为什么这么俊秀的人总是不快乐呢，为什么他要让自己冷漠得像块被月光笼罩的石头？

"是遇到不开心的事了吗？"我问，接着又补了一句，"不介意的话，可以把我当成一个树洞。"

他在我面前发出一阵虚弱的吸气声，隔着口罩，却也能听见："我们彻底分手了。"

"你们？"我看着他，然后像在确认些什么，"是上次你说过的那个已经过去的人吗？"

他默默点了点头，然后又用一贯平静的语气和我说。

"我们是在高中时认识的。她那时候经常来图书馆，我没事也坐在里面看闲书。我们经常碰面，有时她坐在我对面，有时我坐在她身边，两个人渐渐熟起来。她长得不算漂亮，但人很文静，似乎身上有跟我一样的气味……可自从我们不在一个地方后，维系彼此之间的那根线就若隐若现了，最后……消失了。"

"真可惜……那是她提的分手吗？"

"不，是我。我不想在电话里都说每天一样的日常，然后听她讲远距离带给她的煎熬，问我什么时候能回来，你知道的，现在疫情反反复复，是不方便回去的。我不想她总问我要安全感，顺便再说起她父母如何恩爱，体贴彼此。我想让双方都得到解脱。"

听着他说，我一边庆幸单身的自己永远不用理会这样的烦恼，一边又感觉胸口有细微的痛感，可能是因为这个特别的男孩在说着令他伤心的情事，而我只能在一旁充当听众的角色。

"你说到身上的气味，是像月光那样的吧？"我说。

他愣了几秒，眼中发出光来，聚到一起投向我。

"你怎么知道？"他突然笑了，很少见他这样，像把自己交给会读心术的人那样释然。

是啊，我怎么会知道，或许也只有长久以来都在被月色豢养的孩子，才能理解这种气味吧。

我跟他相视一笑，在那一刻两个人彼此挨得那么近。我继续听他跟我讲那些往事。

在他六岁那年，父母为了各自的事业而异地分居。父亲前往法国，他跟母亲留在台湾，曾经的咫尺变为了天涯，从东经120°到东经2°，近6个小时的时差逐渐将他们之间的距离拉开。幼年起，便是孤独一直在养育他，他感受不到父母作为一个整体给自己的爱，走过的时光出现了缺角。缘浅缘深，如溪如河，彼此不去调整的话，终会在情感、文化、经济、距离的岔路口分道扬镳。苦的是小孩子，断裂的疼痛都要让无辜的他们去承受，提前去成长。

四年过去后，等他从一段停滞的时光中抬起头想要朝天空仰望些什么的时候，等来的是父母离婚的现实。十岁的他，整整八个月没有说话。感觉自己成了一座不再被什么人在乎的孤岛，独自在汪洋中，举目四望无边无际的蓝色。他也知道某一天自己会离开当初生活的地方，离开没有太多收入的母亲，去遥远的法国。他是被掌控的一枚棋子，棋子是不会有表情跟自由的，它与月光的质地相似。

"真的很想摆脱这些，可是……"他顿了一下，便不再往下说。

"我懂你的忧伤。"我看着他。

"你懂？"他笑了一下，"是吗？"

"我也是一个人一直撑到现在。父母都在乡下，他们给不了我太多，包括物质，也包括精神的。从小到大，很多时候我都在书上，尤其是文学上找到自己的存在。虽然在这个时代，谈论这些好像比较可笑，也显得孤独，毕竟花花世界里谁会在意这样的一小部分人呢？大家之间都有比安全社交距离更远的距离。"

他听我说到这，屏住了呼吸，继续看着我。

夜色深深中，我的耳边仿若能听到水滴朝着枝叶下端滚落的声音。

"你的孤独，也是来自距离。你对有距离的事物充满排斥感。父母关系的破裂，是因距离寂寞，生疏，心中有过的感情渐渐沉睡，对待彼此少了耐心和真心，直至最后形同陌路。这让你忧伤、恐惧和自闭。所以当你跟她不在一起时，你们之间也被安插进一段距离，开始这是空间的距离，然后随着时间的流逝，这段距离又变成内心的了，越来越遥远，想到最后两个人可能谁也没办法跨越过来，你怕了，索性提出分手。爱情敌不过距离，这是你被距离驯养出的认知……当然，你可以把现在所有的问题都算到疫情的头上。"

他瞬间被人望穿一样，低下头，口罩几乎要把他整张脸吞下了，身体凝固在深夜的水雾里一动不动。

晚风此时凉了很多，我感觉自己跟他越来越像薄到要透明的人，只剩口罩里囤积着温热的气息，以及白昼所吸附的那些咸酸甜。

我没忍住，打了个喷嚏，幸好这样的丑态都因口罩的遮

挡而获救。

他把肩膀伸过来。我靠过去，心中有感激、兴奋、甜蜜，也有忧伤，情绪复杂，如线团缠绕。

他自己这时看上去也像一个弱小的孩子，跟我一样只能这样坐在夜色中，无力反抗什么。

说真的，有那么一刻，我好想抬高面颊，去吻他，去吻眼前这么孤独而让人怜爱的男孩，或者与他拥抱，不带一点色情的想法，只是单纯想给对方一种力量，来自最本真的爱。可身上的矜持却让我很快躲开了这些念头，从幻梦的高地撤离下来。

"现在已经很晚了，我该回去了。"我从包里掏出手机看了看时间，然后说。

"那……我可以送你回家吗？"他很诚恳地问，口罩上浮动着那双泛着微光的眼睛。

"不用啦，公寓离这很近，我自己回去就可以了。"

他好像要说些什么，但没说出，口罩或许也遮住了他嘴角颤动的世界。

为了缓解某种氛围，我又说："放心啦，我一个人回去也很安全的。"

"嗯。"他嘴巴僵住一下，随后还是开口了，"下次我把伞带来还你。"

"好啊。"我说完，感觉确实要到聊天的尾声了，可还想再看看对方几眼，那就再说点什么吧。

于是我想了想，又说："对了，我有一个堂姐也和你父亲一样在法国。听她说那是个很美的地方，三面环海，气候温和。真让人向往。你如果真去了，应该也会喜欢的。什么时候等疫情过去了，我也要好好出去看看世界。"

他似乎被什么震慑住了，吃惊地看着我，嘴边轻轻飘出一些声音："这里不就是……"

我没听清，这时只甩了甩手里的手机，示意他要再见了。

"真的很晚了。那……我们下次见吧。"

他百感交集看着我，我朝他礼貌地打了一下再见的手势，转身离开。

直到我走远以后，才意识到自己还没见过他摘下口罩的样子。刚刚分别时应该请他摘下来，这样以后就能记住他的整张脸了。再一想，发现自己居然也还不知道他叫什么，住在哪里。不过想想反正下次还能遇见他，到时候再问问。

但很奇怪，分别之后的许多个夜晚，我从 Lune 街区走过，又都没碰见那个男孩。

一天深夜，我在公寓上网。

偶尔会跟我在线聊天的堂姐发照片过来，问我知不知道她现在在哪里？

我稍微看了一下，照片上的地点太熟悉了，就是那个自己夜里常走的街区，就非常兴奋地回复："阿姐，你回月津了？"

她发了个疑问的表情过来，并打着一行字："我没回月津，这是在法国。"

"可是，我见过这片街区的。"

"不会吧？"堂姐并不相信我的话，惊讶问，"你确定？在哪里看见的？"

"就在我住的地方附近。"

"你是说它在月津？这绝对不可能！你再好好看看。"

照片上依然是充满异国风情的街道，两旁栽种着郁金香跟鸢尾花，梧桐树下有长椅，边上是复古造型的路灯。一切都如此熟悉。但那里却多了一些路人，大家都戴着口罩步履轻松徜徉其间，在沿街的商店门前驻足观赏，或是在长椅上休息。这是我第一次看见 Lune 街区白天时的模样。

我拖动鼠标，将照片不断放大，忽然一瞬间看到右边角落的那个位置，整个人呆住了。

是他！那个在夜中跟我走路、与我说话的男孩。他就坐

192

在靠近影院的那张长椅上，身影落寞孤独，像一匹年轻的骆驼，手中还拿着我的伞。虽然照片里是男孩白天的样子，虽然口罩几乎要遮住他整张小脸了，但我肯定那就是他——那些夜晚曾站在我身旁的那个少年。

我的脑中突然像爆炸了一样，轰然一声之后，所有与他遇见的场景，一幕幕暴雨似的，在眼前倾泻：第一次的遇见，跳舞时碰到他的羞赧，雨夜的电影院，他口中温润的法文，他聊起自己的家人和恋情，彼此逐渐挨到一起的身影，离开时我对他挥起的手，他俊秀却铺着一层淡淡感伤的脸，丝毫没因为戴着口罩而失去光芒……

我久久陷入沉思当中，面对这谜样的时空，傻傻地跟自己说，太可怕了，怎么会这样？太难以置信了！

在线的堂姐不停抖动着聊天视窗，我这才从恍惚中醒来。

她问我："真的见过吗？那你知道这片街区叫什么名字？"

"我知道。"

"那就，一起把它打出来吧。"

几乎是在同一时刻，屏幕上出现了一种可怕的默契。

"Lune。"

"Lune。"

随后，我安静下来，将这一切进行梳理，发现第一次遇到男孩是自己从 Lune 街区路过的第 15 次，第二次看到他是从 Lune 街区经过的第 30 次，第三次相遇则是自己走过 Lune 街区的第 45 次，最后一次呢，遇见男孩是从 Lune 街区途经的第 60 次。每次都在月圆的夜晚与他相遇。

可是，谁会相信这一切是真的呢？

等到第 75 次想从 lune 街区经过时，疫情警戒已经降到了二级，而我却怎么也找不到那片街区了。

某天，我查阅网络词典，发现 Lune 原来竟是法文单词，中文解释为"月亮"的意思。

我不免想到"月津"这个地名，"津"是"渡口"之意，当地人解释这里曾是一个港口，因地形呈现新月形状，故称"月津"。但我想，它其实还有另外一层意思吧，通向月亮（Lune）的渡口？

不然，我怎会一次次从这个渡口出发，在月圆时抵达 Lune，去遇见那个身处法国的男孩？

只是后来，我再也没有遇到过那个周身能发出月光色彩的男孩了。

# 花朵游戏

屋里装置的灯具，是一盏枝形小吊灯，老式的灯泡里有些污垢。华丽精细的木雕结着一层蛛网，边角残损，带着霉味，热闹的昨夕几近一场春梦，没有留下丝毫暂停的痕迹。

鹤翎打开正对书桌的一扇朱红漆木窗，鼻翼剧烈地抖动，终究是闻不到了，浓郁的雾水在柔软发白的脸颊扑粉一般袭来。鹤翎心口生凉，细致纹络的掌心异常潮湿，像只淋雨的蝴蝶。

老屋是祖母留下的，现在它的主人是鹤翎。

祖母向来性情寡淡，生前没让多少生人来这里。

鹤翎脑中还有些印象的是，蜜珀和远非。

树枝间落下露水，夏夜里有小虫窸窸窣窣的声响，时而会有粉蛾砸在玻璃窗上，隔着灯火享受撞击的痛感。

蜜珀来到鹤翎家时，祖母还没过世。她面容祥和，穿一件织缎中式衬衣站在门边，衣料是暗红底子，朵朵精细绣制的牡丹和兰花，枝叶缠绕。女人的年老在日复一日地加深。窗外的圆粒花苞密密麻麻，缠绕在黢黑的花枝上，绽放或半开。

花巷走廊里到处是厨房做菜的油烟味道，夹杂着酸甜咸辣，常搅得唾液翻涌。祖母从厨房走出，端着菜肴捧上圆桌，有生煎带鱼、螺蛳、淡菜、冬瓜牡蛎汤。老人的饭菜和自己的思想保持一贯的传统，却让后人津津有味地享用，这应是一种饮食上的继承。

祖母很少言笑，饭间谈吐自然也不多，但表情是自幼养成的那般礼貌微笑。要深知，至亲离去之后的女人大抵上生命和心智已被抽离了一半。瘦小的身体里隐藏着历史，承担着漫长的属于哀伤的时间。鹤翎的父亲早先时候因车祸而过世。那天，祖母抱着七岁的鹤翎在老屋坐了一天，始终不说话。那应是祖母在失去祖父后，第二个人生寂寂无依的时刻。

蜜珀说祖母生得美。鹤翎看着蜜珀，往嘴里扒进几口饭。

祖母倒是一反常态，摸着蜜珀的手："你要和鹤翎相互关爱。"老人的嘴嗫嚅着，那双手像道干涸的沟渠，正流经岁月和死亡。

鹤翎常带蜜珀到屋后的园子里闲走。多半是夏末初秋一段时日，瓦缸里的数片荷花开了，壁檐缝隙里还长有青青的苔草，在阴影区里驻扎的蚁群比以往要安分许多。女孩子是和花朵走得最近的人，左手摘朵凤仙，右手折几簇金银花，戴在耳朵上，相互看看又笑着。花瓣洁白瓷实，指甲尖划上去掐出浅褐色印迹，像时间的波痕。不时找张碎包膜做简易的网兜，抓蜂扑蝶，自有一季情趣。祖母见着此般情景，性情亦落得乐观些许，走到厨房蒸了一屉一屉的糕点，豆沙馅的糯米团或是桂花糕，嚼起来清香流溢。

"花开的时候，为什么总是这边一朵，那边一朵，不约好一起开？"蜜珀问。

"因为这些花看似都在一株植被上，但因分布的位置不同，所受的水分、光照也就不一样，所以有些开得早，有些稍晚。含苞的花朵就好像每个人心中深藏的秘密。"鹤翎继续说着，"珀，如果某一天你有秘密了，也要对我盛开哦。"

蜜珀笑着，用头轻轻触碰鹤翎留着整齐刘海的额头："好啊。"

年少欢快的时光在饱满虚浮的俗世里生息，将醒未醒。

鹤翎明白，自己即便跟蜜珀玩得再好，也无法进入她内心获知她的想法。而这并不妨碍她们之间做朋友。即使只是

须臾之间，花事一般，也值得。

蜜珀很少提及她的家人，就连父母的称谓亦从未流于嘴上。她与鹤翎，两人虽是同桌，但都甚少提及彼此的家中情况。鹤翎的父亲早些年在车祸中离世，母亲没承受住打击，去海边散心，却掉入海中，没有上来。有人说是失足，有人说是殉情。独留下鹤翎由年迈祖母照看。

相比之下，蜜珀就幸福很多，她家房子是一般富人住的那种小别墅，带花园和浴池，大门是雕花镂空的铁栏，一条金色鬃毛的卷毛狗常在门口盯着门外看去，自由就在咫尺，却又若在天涯般难以寻觅。蜜珀的父亲常年在大洋彼岸，母亲和她独自在家。蜜珀平日性格略显怪异，鹤翎明白蜜珀心中的痛苦。

"我其实也跟你一样，没有家可去，我想把自己消耗掉。"

蜜珀说这些话语时，眼角常含怨怼，泡水的雏菊一般，散开之后再也无法收拢。鹤翎拥抱着蜜珀，用同样薄弱的怀抱温暖她，一时间发现十七岁的蜜珀真的还只是个孩子，眼里是纯澈的黑。

蜜珀更新男朋友的速度好比她替换的衣裙，鹤翎反感这些，几次问起，蜜珀只说："他们是我亲戚家的哥哥。"鹤翎自然怀疑："你可不能那样随意。"

蜜珀常在此时沉默，她看着鹤翎："我在寻找能够感受到父亲和安全的栖身之所，鹤翎，你理解吗？"鹤翎没有回答。她折了几瓣栀子别于蜜珀胸前，鲜白的，如雪。

鹤翎时常会闻到蜜珀身上的味道，不同于其他女孩的体香，是一种舒缓淡漠的烟草之味。

鹤翎抓住蜜珀的肩膀，语言轻弱："你抽烟了？"

"没，没有。鹤翎，你想多了。"蜜珀若无其事地回答，阳光从她纤细却部分发黄的指间滑过，丝绸一般轻柔。

鹤翎能够想到这双手夹着一支雪白香烟时的姿态，毫不逊色于浴缸里游弋的热带鱼，迷人而颓然。

蜜珀骗鹤翎，她说自己头痛，晚自习上不了，当天晚上却跑去酒吧里喝得一脸烂醉。鹤翎那天也没去学校，她站在酒吧门口，看人潮进出。蜜珀出来了，脸颊扑了很浓的粉，长卷发，红唇，光鲜而纤弱的手臂袒露在冰凉的雾水里，任夜色吞噬。

"怎么欺骗我？"鹤翎喊道。

蜜珀歪斜地走上前去，拉住鹤翎黑色校服外套，高跟鞋发出的音节，拖沓喑哑。"我的头痛只能酒精才能麻痹和医治。鹤翎，你能原谅我吗？"

鹤翎一边点头，一边取出包里的纸巾，薰衣草香味，质地柔软。

一个人最大的难过在于已经丧失拥有麻药的资格，必须面对一切伤口。鹤翎原谅蜜珀。

"当你没有麻药的时候，还有我。我们要真诚。"

蜜珀笑了笑，突然间打了一个嗝，振破夜里游动的水汽。

学校因蜜珀的事找过她的母亲。

鹤翎第一次见到蜜珀的母亲，她身穿缝着精致宽边的缎子旗袍，头上盘着髻，插一枚碧色玉簪，戴小颗钻石耳针，身上弥漫着法国香水的气味，说话平稳庄重，看不出是那类轻薄女子。

"鹤翎，你是个好女孩，多劝劝蜜珀。她大了，我的话总听不进去，也不知道她心里究竟怎么想……"女人轻轻叹气，一些情感会因距离而倦怠的。

十七岁的记忆里，鹤翎与蜜珀开始如影相随。

上学，逛街，散步，吃零食。有时候鹤翎是蜜珀的影子，有时候蜜珀亦是鹤翎的影子。走在路上，她们都要手拉着手。


女人是容易恋爱并沉醉其中的动物。爱情会让人改变的，包括穿着、习惯和脾性。

蜜珀变了。她不会再在半夜哭泣，不会再否定所有神话般的恋爱和婚姻，她再不会依靠瞬间的幻觉去麻醉自己煎熬过极其沉重的余生，也无所谓去追究现实的表象和真假。她对交往过的人事，亦不再计较愉悦与怨怼。爱情面前，这些无关轻重。

她与一个男生恋爱了。男生是校广播站的播音员，身型健硕，声音如夜晚池边洒落的月光，浓眉大眼，唇似新鲜蜜桃，肤色也白，常有一帮女生为他痴迷。蜜珀是在鹤翎生日那天去广播站点歌认识了值班播音的男生，一见便对他心存好感。男生不擅长拒绝，蜜珀一撒娇，他的手机号码便进入蜜珀的通信录里。在男生看来，蜜珀只是属于可爱一类的女生，并不让其心动。但被学业围剿的他们都在寂寞中开始了游戏，开始了梦。

"想你了。"蜜珀在手机前敲了几下，嗒嗒的声响搅动内心的紧蹙与期望。

"傻瓜。"是对方的回复，"想我时我就会在你面前。"

蜜珀笑了，这样煽情或是空洞的对话总会持续到三更，以一方不知不觉间的入睡结束。

爱上一个人的时候，像一棵春天的桃树，开出满满枝丫的粉色花朵，重重叠叠的。即刻便将要覆盖住时间尽头的虚无。蜜珀是这样，鹤翎心想蜜珀也应是这样。我们不再十七岁，我们都不一样了。

那段时间男生常约蜜珀出来，在花园闲散行走，相互攀谈或是在无人可知的院角拥抱。此时已入秋，池塘里的荷花枯谢，斑斓活泼的锦鲤不时蹿出水面觅食。两株矮壮的柿子树，可看出昔时结过累累硕果。男生从掌形的黄绿相接的叶片下面，摘下一枚余下的熟透果实，软而沉坠，金黄外皮上尚沾染着霜露。他把它擦拭之后，剥开果皮，递给蜜珀。

"孤独一直都生长在我们身上，能摆脱吗？"蜜珀问。

"只要我们相信，那就可以。"男生又从树上摘下一个果子，照样细心地擦拭，剥皮。

蜜珀点点头，把果子接过来，吃了。

那天夜晚，蜜珀没有回宿舍。鹤翎打她手机，没接。鹤翎穿了一件黑色棉衣，奔跑在夜色中，她想寻找蜜珀。

那晚的风其实略有些冷。蜜珀觉得它是暖的。

在学校附近的旅馆里，她眨眼间仿佛能望见窗外此起彼伏、如水浪般席卷而来的花朵，墙头枝叶繁茂，花苞累累。蜜珀还能看见海，听见海的声响。那片大海，广阔无边而又波涛涌动，幽蓝色的彼岸萤火重重。男人站在那里，拿起雪白的贝壳，涉水而来。

"鹤翎，我在一个很安全的地方。你睡吧。"

鹤翎翻开手机的那刻，心好像被人踢了一脚。


蜜珀有了爱情，自然就冷落了鹤翎。已至高三末期，鹤翎见蜜珀整日浸泡在蜜罐里，具体也不知是何缘由，心里总是泛起一股酸液，愈发浓稠，要溢出喉咙。

"你现在这样子，有想过未来吗？"鹤翎问。

"未来？对我来说，有和没有都一样。"蜜珀答道。

鹤翎突然觉得自己的问题异常幼稚，像蜜珀这种家境的女孩子哪里需要考虑未来，她们的未来不就是现在吗？不愁吃穿，无需为日后道路烦恼。只是鹤翎的身体里藏匿着什么，花骨朵似的紧紧包裹，她打不开，咽着，闷闷的，像夏日午后紧锁的铁盒子，要生锈了。

男生没有付出真心，一边与蜜珀敷衍玩耍，一边也在备考大学的播音主持。最后要冲刺没有时间顾及蜜珀，蜜珀使小性子闹分手，这正对了男方的心思，便分了。蜜珀痛苦不堪，想告诉鹤翎，又见她整日钻研课本，不忍她分心，便自己埋着，直到家中安排不久便要前往她父亲所在的大洋彼岸，她这才准备哗啦哗啦把肚子里的苦水倒出来。

临走的前一天晚上，蜜珀从家里回到宿舍看鹤翎。

鹤翎清楚记得已至四更，四人间的宿舍有女孩清淡的体香、柔软的呼吸，在空气里缓慢地蠕动。突然传来敲门声，嘀嗒，仿若雨声。鹤翎看了看蜜珀的床，没有人，心想定是她在外面游玩此时才归，便起身开了门。

蜜珀坐于门前，低头哭泣，环抱双膝，蜷缩得像只无处可居的猫崽。她抬起头，是潮湿的面颊和发丝，外面定是下雨了。

鹤翎在浴室里倒了热水，又在桌上放了杯热牛奶。"洗完澡就喝了它。"鹤翎小声地说。

蜜珀抱住鹤翎，又一阵抽泣，像雨里的沟渠被中途的石块所挡，磕磕碰碰。

"鹤翎，我明天要走了。"

"去哪？"

"我爸那。"

鹤翎并不追问蜜珀缘由。上大学的那天，她便预感到以艺术生名义进来的蜜珀今后所要做的选择。

"等会儿睡吧。"鹤翎轻轻摁了一下蜜珀的肩膀，想转身爬上床去。

蜜珀拉住了鹤翎。"鹤翎，我想给你看件东西。"

浴室里，光洁的灯光下，蜜珀脱下所有的潮湿。她的胴体栀子一般洁白，亦有超越了她这般年华的丰盛与饱满。"鹤翎，我怀孕了。"

蜜珀的小腹微微隆起，透过皮囊的表层，能听见里面的生长、呼吸与颤动。这自然出乎鹤翎的意料，太早开放的花会错过真正的春天。

"你太傻了……"鹤翎的泪水滴在倾洒着玫瑰香液的浴缸上，抖动起许多蝴蝶状的波纹。一圈一圈，再也收不拢。

两个女孩不再多语，相互沉默地陷到悲境里终结一夜。

浴室的玻璃氤氲着许多水雾，窗外的海棠和耐寒的绿色叶片贴到一起，花束十分清雅。

鹤翎细想一番，觉得出国对蜜珀来说应是种解脱，亦是她选择的道路。

不到时候的恋爱，不过是些许人在孤寂中寻求超越生活表象的一种幻术，带来短暂的麻醉与愉悦，交换彼此的情感和脆弱，其他别无用处。

三个月后，鹤翎在大学里遇见了自己心动的男生，远非。他们相遇在一间窗外种满樟树的自习室。鹤翎把书放下，就看见了身型清瘦的男生，他穿着淡蓝色衬衫，是鹤翎喜欢的颜色，眉宇间英气十足，举手投足间都起了清风似的向鹤翎吹来。鹤翎出于矜持，看过对方一眼就把头低下，视线落到纸上。二人嘴角却不觉间契合地笑了。

也是那天下午，一封方形航空邮件在鹤翎的手中打开。有花朵的香气，字迹依旧是女生的细小与清丽，是蜜珀的字，鹤翎一脸惶然惊讶。

"翎，我结婚了，是父亲熟人介绍的华裔男子，瞳孔深黑，皮肤白净，瘦削高挑，像梦里常常看见的那棵杨树……"

"翎，我在这，一切都好。勿念。"

鹤翎的心情渐渐平复下来，眼睛有点微热，抬头看了看天空。她想念蜜珀，也为蜜珀的处境难过，但却无计可施，只擦了擦眼角，又回归自己的生活了。

鹤翎和远非在一起了。

远非说："鹤翎，你是我遇到过的最好的女孩。"

鹤翎的脸颊是淡淡的桃红，却也调皮起来："远非，这句话你对几个人说过呢？"

远非认真看着鹤翎，瞳孔明澈："一个。"

鹤翎注视着这双眼睛，发呆，好像透过这两个瞳孔自己还看到了什么，却说不上来。


蜜珀用指尖在白瓷咖啡杯的口沿上环绕一圈，慢条斯理，又郁郁寡欢。窗外是温哥华的枫树，红透一片，如同她所喜爱的指甲膏的色彩，是那般燃烧，接近生命璀璨的盛开与临夜的凋谢。

一些话，蜜珀自然不会告诉鹤翎。毕竟疼痛、不幸与孤独，没有谁会愿意触摸。它们像极了冰冷而发硬的石头。

青春最大的过错在于选错了人，做错了选择。蜜珀对于这点，深有感触。

蜜珀记得那样的夜晚，彼此的靠近是敏感而羞涩的。赤裸洁白的花瓣，像一匹被搓揉的丝缎，发出轻微而抖动的声响。他打开她的体腔。温柔而淡然地丈量裸露在冰冷空气里的白瑕微光。天花板上零星晃动着窗外的树影。蜜珀侧脸安静地注视。

"如果有一天我的身体里有了我们两个人的影子，你允许它来到现实中吗？"

男子满足地点点头，蜜珀抚摸他细短汗湿的头发，像自家猫崽那般温顺。"那，怎样使我们的影子过活？"

男子没有回应，疲倦地倒在一旁睡去。他的胸膛宽阔而坚实，有细小的汗珠在月光下滴落。

蜜珀懒散轻弹了一声瓷质的咖啡杯，短脆的声响仿若黑雁惊掠而过的风声。蜜珀发现自己惊动不起来了。殷红的胎腹日渐有了声息，她明白，现在的自己，是两个人，再也不是那个只有十七岁芳龄的女孩蜜珀了。世事在教她长大，世事亦将她推向漫无边际的陷阱，一半是芳香，一半是荒芜。

蜜珀渐渐习惯身处异国的生活，以至于时而竟怀疑自己是否有过以前那样的少女时光。不想也罢，若是想起倒是流了一股脑的悔意，不值。蜜珀揣了件披肩在怀里，才感觉手心渐渐回了暖。这是女人独处时专属的安慰。

每日长发素面，穿简单的裙子。很少吃荤，多以果蔬、酸类奶制品为食，保持着植物的品性与优雅。蜜珀倒真是沉稳不少。

温哥华街道宽敞洁净，两旁尽栽枫树，房屋不大但精致。蜜珀无事时也会早起，梳洗完毕，穿一件略微厚实的毛绒料子的棕色外套，不化妆，但总不忘在指甲上描一遍红色的彩膏。在街边或是公园里闲走，这般时光多让她产生自己处于某部异国浪漫电影中的幻觉。银白色的高跟鞋每踏响一次，她总觉得时间的胶片晃动了一下。但蜜珀知道，浪漫不属于她，她所拥有的只是些消遣与落寞。

蜜珀的加拿大丈夫，华裔，身型高大健硕，白皙干净，瞳孔深黑。他为蜜珀买各式衣物、皮套、香水和指甲油，带她四处散心，为她把婚前的屋内栏杆、走廊、壁橱和天台都换成了蜜珀喜欢的中国样式。

蜜珀想起过去的男子，最后记忆里只剩下男子分手时漠然的神色，渐渐消失，变成一张蜜珀走向无望路途的票据。

她对男子说："感觉身体里要长出我们的影子了……"

对方回复："我们都要理性点。他不适合来到这世上。"

"为什么？"她眼眶湿热，内心生凉。

"这只一场游戏，我们不懂规则犯下错误。"男子言语淡然，拉着蜜珀的手。"你要听话。"

"仅仅是游戏？"蜜珀脱开男子的手，"哈哈……"

她发疯似的转身离去，眼泪抑制不住地汹涌。

这是她所选择的游戏结果——无奈的逃离。

现在她决定不能轻易饶过他，她要生下这个孩子。

远非第一次来到鹤翎家中时，祖母日薄西山。

远非看到一条逼仄小道，走到黑，走到头，就到了一处老房，进门，端详起祖母，面色苍白，头发疏散，双眸渐渐睁得不太明朗，颧骨塌陷，像一口被抽干的古井。祖母竭力起身，焦灼的双手扶着床栏，牡丹花毯从她干枯的胸脯上滑落而下。鹤翎急忙上前扶住祖母，远非跟了上来。祖母唇部翕动，却始终说不出话来。

鹤翎自小便与祖母相处，自然深知老人言语所向。她很快开口："嬷，这是阿非。"祖母余息尚存，也便清楚鹤翎与远非的关系。她紧紧握住远非，不说话，深处的泪光中已经传递出一种寄托与交代。远非说："嬷，放心，我会好好照顾鹤翎的。"

一些风从窗外流进，混着青竹和藿香的药味，像一种预示，生命的脆弱，年岁的终结。

祖母走后的那一段时日里，鹤翎真切感觉到自己的孤苦，整日拿着祖母遗留的衣料抚摸，流泪，叹息。丝缎自有幽凉质地，花纹回环，描有松竹梅花图案。还有用植物染色的天然碎花布，一捆捆叠好，放在木床上，用薄膜覆盖，像隔绝一世的风尘，不再触碰。

远非走过来，从背后搂住鹤翎，他贴在鹤翎的脖颈轻轻地说："你还有我，鹤翎。"这个简短的句子，功效从不输于任何一口冬日的火炉，温暖又直逼百花深处。鹤翎想起，她也对蜜珀说过这话。想来，她的鼻尖又变得酸楚不堪，不禁抱住了远非。"我们要真诚。"

这样的氛围往往能酝酿出情怀，发生在男女之间本真的探寻。

远非打开了鹤翎的心扉，这亦是鹤翎在祖母去世后仅有的依靠。她听到自己的喉咙里发出抽噎的声响，像水泡，在体腔里出现，又在沉寂的海面消失。远非出现在无人的街边，他看着鹤翎，瞳孔明澈幽蓝，滴落下一颗露水。

这样的梦境里，无依无靠的女人很容易坠落在一个男人的手心。


天空逐渐露出墨蓝的颜色，鸟群鸣叫而过，飞进电线杆后又不知所踪。对于这样寂然的清晨，鹤翎十分喜欢，脸色欣然，在自家门外翻晒入冬时用的棉毯和衣物。远非则在小花圃里帮忙浇灌花草。

午间，巷中自然又是一副炊食之景。生煎带鱼、红烧排骨、牛肉炒粉。香味扑鼻，闻得多，自然也知道谁家油盐酱醋多放半勺抑或少放了些许。祖母去世后，多是远非与鹤翎相处。

毕业那年，远非考上了公务员，鹤翎也顺利被保研。二人便腾出大半时间相濡以沫。他们喜欢亲自下厨，喜欢及早熟稔过家的程序。他们做出来小馄饨,大火烧开,在汤里放上紫菜、小虾皮、蛋丝、榨菜,浇上酱油和芝麻油,盛进搪瓷碗里。不时也换换口味,做蛋挞、蟹虾面。

鹤翎越来越偏好于当一个主妇的角色,习惯并热衷,虽然她还不是。研究生课业较少,闲多无事,鹤翎大多置身家中做些琐事。这半年来,远非从父母那拿了积蓄,再贴上工资,购置了新房,三室两厅,环境幽雅。

远非问鹤翎:"翎,搬到我们的新家去吧?"鹤翎笑笑,说是要考虑一番,毕竟祖屋给予她的不只是成长,还有充沛的情感。

在回忆与现实中辗转,内心逐渐从过去退温并愈渐屈服于流经手边的真实节气。

鹤翎还是无法每夜怀抱往昔时日梦寐,身边应有个温暖春天的躯体供自己取暖,并消耗孤寂。生命开始相互被瞭望、抚慰与探究,包括细节、机体与脾性,这是通往婚姻的一条道路,是提前的探索与了解。这是一个女人暗夜独处时本真的想法。鹤翎没有经过太多内心的挣扎与不安,便做了这个决定。

此后,鹤翎自然便搬进远非的新居。

新居很漂亮,樱桃木的暗红色地板,花鸟图案的丝织壁纸,屏风是透明的玻璃材质,中国样式,灯光淡薄而剔透。

这般雅致的居室自然叫人喜爱。

恋爱会使人变得细腻。

在远非上班期间，鹤翎若是没课，便会整日在居室里打扫、整理。玻璃沾了些尘土，便用湿布抹一遍，再用干布擦一遍。被褥叠过一次，不整齐，又叠一次，一定要显示柔软的棱角。橱柜里的碗筷瓢盆被分门别类地安放，三层侧放大号瓷盘，二层倒放各式杯具，一层则是放置平日常用的碗筷、勺子。每个抽屉，若没上锁，定要打开重新置放其中的物件，一切打理得井井有条。这是鹤翎所热爱的秩序。

鹤翎几乎整理完了居室内部大大小小抽屉三十余个，唯独差的是远非书桌右下方第三个抽屉，前面摆着一盆君子兰，靠窗。鹤翎在任何事物面前向来都不示弱，自小的经历亦涵养她略微倔强的骨头和血液。

远非回来时通常是夜间，露水爬上阳台，花草呈现闭羞之态。远非疲乏之时常是吃完饭食洗浴一番后匆匆睡去，脏旧衣物搁置浴室。鹤翎会在清洗前掏一遍这些衣物的口袋。那枚钥匙不大，有铜色光泽，单独挂在一个钥匙圈上，鹤翎是见过的。像往常那样拿到了钥匙，但不同的是，这一次鹤翎用它打开了抽屉。

旧物常寄存一个人的一段生命和经历，通过它，旁人亦可对一个人的历史略知一二，这是一种溯源。

鹤翎看到了那张照片，两个人的合照。一个是远非。另一个，是他前任女友吧。鹤翎想都没想就把抽屉关上。突然一枚针尖触到她手心，她又打开那个抽屉。

鹤翎仔细看着那张照片，沉默许久。

这几日，远非看得出鹤翎平和面容下的不安与恍惚。下班后他早早回家，有时碰上鹤翎不在，也会从冰箱里取出果蔬鱼肉做丰盛一桌晚餐等鹤翎回来。这中间若还有空闲，亦会把居室打扫清洁一番，或是给阳台花草浇水、施肥。男人的细心自然是抚慰女人猜忌最好的药剂。

鹤翎常因远非的此类举动而淡忘了抽屉里的旧物，或许本该就不应将其铭记，过去之事何必费力去纠缠。

鹤翎说："阿非，有天如果你做了对不起我的事，我也会原谅你。因为，我爱你。"

远非内心盘兀，自然是感觉到了什么，但也不想戳破。

"你真好。"男人又贴着女人的耳根，轻轻抚慰。

蜜珀又来信了。鹤翎接到后没有打开，没有像之前那般迫不及待。她把信搁在枕头下，然后一个人躺在床上，摊平身心，看着天花板。鹤翎默默流泪了，咸涩流经唇间被她咽进体腔里。

"我知道你要回来，可我还没准备好！"鹤翎哭喊着撕裂淡蓝色碎花保暖被，白色羽绒在空气里纷纷扬扬地飘着。

蜜珀回来了，深夜一个人带着儿子，在机场拨了鹤翎的电话。"鹤翎，我是蜜珀，我跟元元回来了，来接我吧。"

这一刻，鹤翎自知该是检验自己内心承受力的时候了，坚强和懦弱，必须做一选择。

鹤翎对蜜珀说："珀，你再等等，我就来。"

蜜珀生下男婴，对她的华裔丈夫来说，是件好事，男人终于可以将父母终日挂在嘴边关于香火继承的问题抛之脑后。看着儿子一天天长大，她开始分外想念那个遥远的男人。蜜珀就跟丈夫说了情况，得到允许，回国一段日子。

蜜珀打趣着："我和他说，我要让孩子见见他自己父亲，他脾气好，什么都答应。"

鹤翎忙着和的士司机商榷价格，没有理会。

蜜珀又笑着说："鹤翎，你对象在哪？蛮好奇你的眼光，哈哈……"

鹤翎提过拉杆箱放进汽车后座。

"鹤翎，你干吗不说话啊？"蜜珀嘟囔着。

"回去再说吧。"鹤翎挤出一丝笑容看了蜜珀一眼，把汽车后盖拉下来，发出沉闷的声响。

说是回去，可一些人事再也回不去。

两个女子内心都清楚，任何熟悉的地点，再回去时也将是全新的世界。


在车上，鹤翎握着元元的手，蜜珀能看出鹤翎心事重重，却不免又问："鹤翎，你到现在都没告诉我你对象长什么样子，叫什么名字呢？"

鹤翎苦笑了一下，说："你高中那会儿不也没跟我说。"

"都这么多年了，你还记仇啊？哈哈，我现在都已经是孩子的妈了，那些年的事情就不要说了。"蜜珀握着鹤翎的手。

"珀，你现在是不是……还爱着他？"鹤翎认真地看着蜜珀。

"怎么会……"蜜珀笑了起来。

"如果他还记得你呢？"鹤翎装出一副无心问起的样子，语毕，却刻意看向蜜珀。

"他……不会的。"蜜珀眼中无光，轻声回道。

"哎呀，我变多嘴了，对吧？哈哈。"鹤翎自嘲道，看到元元睡着了，即刻控制自己语毕发出的笑声。

蜜珀也觉得鹤翎变了，但这一切很正常，时间总在改变着人。

的士很快来到一个十字路口。左边，是鹤翎的旧家。右边，是远非的新居。

人生总是要抉择的。鹤翎想了想，说："师傅，往右。"

终止一条道路的方法莫过于走完它，即使尽头是自己所不愿看到的悬崖。

"现在，是想带我到他那吗？"蜜珀问。

"不，是带你到我们那。"鹤翎回道。

时光继续向前走着，仿佛每一步都是缓慢的进程。

而车终究还是到目的地了。

"就是这栋楼了，我叫他下楼来帮我们搬行李。"鹤翎笑了笑，拿出手机随即拨打了一个电话。蜜珀则坐在车内摸了一下元元睡着的脸颊，光滑粉嫩，像最新鲜的果实。

远非接到鹤翎的电话很快就下了楼。人还没走近，蜜珀张着嘴巴哮喘似的看着男人的模样一点点被车灯照亮。

这么多年过去，男人的身型依旧健硕，浓眉大眼，肤色虽不如当初那样白净，但十分厚实了。

一瞬间，三个人的目光交错在一起。时间凝固了，夜晚像死去的蝉壳。

"鹤翎，怎么……怎么是他？你怎么会和他在一起？！"蜜珀冲下车，泪水不可名状地澎湃起来。

"珀，不要这样。"鹤翎努力收着情绪，"冷静些。"

"冷静？鹤翎，你知道吗，在这个地方，你是我最亲的人了，没想到你竟然跟这个混蛋在一起……"蜜珀呜咽着说不下去了，她感到紧绷的神经捆绑着自己，快喘不过气了。

"我也不知道为什么会这样，真的。珀，你真应该在那时候就告诉我他的名字，现在就不会……"鹤翎的眼泪已经流了下来。

"不要说了！"

女人尖锐而颤动的声腔在夜色里剧烈地疼痛。

远非却像个哑巴，站在两个女人的目光里，手足无措，见出租车司机等得不耐烦，便付了车费，把车上的孩子抱下来，一看眉眼，突然惊恐地问道："他是？"

"是你儿子！"鹤翎撑着一口气替崩溃的蜜珀答道。

"你竟然真的生下他……"

远非看着此时蹲在地上泣不成声的蜜珀，感到心口被冰刀割掉了一半，愣愣地站在原地。

元元这时醒了，揉了揉眼睛，看到妈妈难过的模样，像小动物一样发出疑惑而低微的声音："妈妈，妈妈……"

蜜珀看到元元，情绪激动，疯了般冲过来想抱走元元。远非一把抓住她，却像被人扼住了喉咙似的，不知要对眼前的蜜珀说些什么，眼神闪忽不定，但手却有力地拉住蜜珀。蜜珀狠狠咬了下去，像把这五年来内心积攒的所有仇恨、思念、压抑、痛苦都刻到远非的身体里。远非叫了一声，松开了手，蜜珀抱起元元向身后的马路跑去，突然又转过身来看了远非一眼。

远非、鹤翎此时都惊恐地睁大眼睛，要喊出什么。

"呼——"

一辆车撞上跑在马路中央的蜜珀。车灯一闪，车窗出现一阵剧烈的振动……

蜜珀和元元在医院里昏迷着，心电图上每隔数秒就"嘀"地响过一声。远非、鹤翎都在旁边看护着。鹤翎特地看了一眼此时的远非，男人用沉默掩盖着内心几近崩溃与绝望的情绪。

咎由自取吧，只可惜了此刻正在昏睡中的母子俩。鹤翎心头停驻着忧伤的风，久久不散。她看着眼前的三个人，想着自己待在这里似乎很多余，便告诉远非自己累了，要回家好好休息，并让远非好好照顾蜜珀和孩子。

家，这个概念，突然在心里变得遥远、模糊，让人畏惧，和远非相处的这五年仿佛一瞬间都化为了梦影。

鹤翎在路上魂不守舍地走着。此时天已大亮，早点摊位上挤满了人。鹤翎感觉自己空荡荡的，还在梦里没醒似的。

迎面走来一对女孩子，十六七岁的模样，面颊粉嫩，带着天然的腮红，她们手拉着手，说说笑笑，像清晨刚刚绽开的花朵。她想起自己，想起蜜珀，想起她们有过的十七岁，美丽的花期。只不过随着时间的推移，花事终究要谢幕，那些年的故事都在远去，自己和蜜珀都不再年轻。

但，总有人此刻年轻着。鹤翎羡慕着眼前的女孩子，心想，她们是从祖母家的方向出来的吧？

视线撤回来，落到袖口，发现自己不知道碰到了何处，竟沾染了些灰。她抖了抖衣袖，又拍了拍，灰粒仍顽固地附在上面。

鹤翎叹了口气，向着那个许久未走过的巷子走去。

# 透明的鱼

回来的时候已经是夜间，我从挎包里掏出钥匙开门，手臂轻飘飘的像纱布。整个人虚脱得仿佛刚从一场意外中死里逃生。灯光从门内映照出来，漆黑过道闪现出亮光和一些树枝零碎的影子。

男友坐在沙发上看今天的晚间新闻。我匆匆换了拖鞋从他身边走过，他似乎没有看见我似的，两眼只盯着发光的电视屏幕，而我也不愿主动和他打招呼，自己径直向卧室走去。

"今日下午5点，在新湖路环岛发生一起车祸。一辆出租车和一辆小型卡车相撞，一位乘坐出租车的女子当场死亡，两位司机被送往医院抢救。据路上的目击者称，这起车祸主要是由于肇事的出租车司机在雨天超速行驶，致使车辆转弯时失控而与卡车相撞。在这里，本台提醒各位司机朋友雨天路滑，请您小心驾驶……"

一只水杯突然打翻在地，我在卧室门前停下脚步，转身看了看他。男友哑然地盯着电视，原本平淡的表情瞬间轰塌，客厅里能清楚听到他神经崩溃的声音。我有点惊讶，这个即便被这钢铁社会重压折磨也甚少低头的男人，此刻竟会为了一则大城市里司空见惯的新闻而变得沮丧。

"欣鱼！"他从沙发上站起来叫我，旋即又匆匆跑出房去，摔上了门。我没有喊住他，也不想知道他此刻出门要做什么，早上在体内熊熊燃烧的火焰还没被浇灭，我转身旋了一下门把，走进了自己的卧室。

我摊开身体趴到床上，感觉自己像透明的一样，突然坐起来，又重新躺下。牛仔裤还紧紧绷在大腿上，手臂像被压麻了，过了许久，血液才不紧不慢地从脚跟往大脑运输今天的记忆。早上起来时就和男友吵了一架。这是我们第一次吵架，我把枕头扔向他，指尖在上面划出了一条细长的口子，纯白色的羽绒飞了出来，纷纷扬扬。他没说话，站在我的卧室门口呆愣着。那时，窗沿上还在滴水，楼下花园里有许多木棉还在昨晚留下的雨水里泡着，湿漉漉的表情很像当时的我。难过、孤独、绝望、不安，通通往上涌，骨头连着声腔切切实实地疼，宛若被人摔在浴室地板上，呻吟着却无法发出声响。

之后我就气冲冲地拿了挎包准备出门上班。他叫住我：
"天气预报说今天还会有雨，你带上这个吧。"他拿过一把
伞试图给我，被我拒绝了。女孩固有的坏脾气是这世上最锐
利的器具。

其实，我本不愿这般对待家明。种种迹象表明他都是个
再好不过的男人。

我侧了侧身，一不小心弄翻了放在床边的一盘水果，有
柠檬、橘子和芭乐，都是我所喜欢的。果子零零散散地撒在
地板上，果子的清香在房间里四散开来。我并不急着下床捡
拾，只抱着家明新买的枕头一个劲儿地傻笑着："小傻瓜，你
是多么讨厌又让人爱……"

我承认自己喜欢这个小男人的傻，或者已经到了依赖的
程度，像年幼时对老家一株开满小白花的水仙那般爱着。


我和家明认识已经快 5 年了。起初只是大二时同宿舍的
一帮闺蜜帮自己联系的，说对方如何体贴斯文、英俊潇洒、
有气质。而我向来对这些鬼话以及男生的表象不以为意，表
面只是表现给人看的，真实的内里才是维持情感的必需品。
这个时代的男人最会装，试图用甜言蜜语或是粗俗钱财遮掩
骨子里的无知与荒凉。我倒没有倒她们的胃口，只应付着："如
果对方有时间，倒是可以见见。"

之后我和家明就会在周末出来坐坐，在大学附近一家叫"蔚蓝水系"的奶茶店，而且每次还都是拉着一群朋友在一起。他沉稳，言语不多，有一种自小养成的内敛。我常常装出一副不搭理他的样子，只顾着一边喝茉香奶茶一边和姐妹们闲聊。他倒也耐心地听我跟女伴们讲到口干舌燥，然后又替我叫了一杯同口味的奶茶放到我面前。偶尔我也对他吝啬出一点笑容，人毕竟是感情动物，隔世的冰冷决绝只安放在石头里，我装不出来。渐渐熟稔后，发觉这个小男人的身上有我所热衷的安静，如同一件瓷器或者书法展品那样让我欣赏。后来姐妹们也都识趣地消失在我跟他的约会里。时常我们也只是在偌大的校园里干走着，没牵手，只是步履放得很慢。不时也学出双人对的恋人到影院里看电影，他拿了袋奶油味的爆米花放在我手里，然后又掏出兜里的一包纸巾给我，中间就没再多说话了。散场时，两个人就都觉得有些尴尬。送我到寝室楼下的时候，也就说了几句话后就匆匆告别。而我，站在楼下，连他转过身离去的背影也都没看一眼。我相信，一些情感会在沉默安静中永恒，比如爱。

闲暇之时我把这些事与姐妹们言说，不免遭到一阵哄笑。感觉女生们都太像猫了，调侃起他人情事自是一副骚样："欣鱼，那你到底对他有没有感觉，爱还是不爱？"我自然不说，只对她们莞尔一笑。爱是交给时间检验的问题，即使正在经历中的人也没有资格给它一个确切的答案。

忽然之间，我发觉自己爱家明的另一个重要原因，也在于他似乎从来没有向我问起这个关乎爱的问题，像世上行走的两只生物，藏着爱，并不道破，只是等着对方体悟。不说出口的爱远比时常流于嘴上功夫的爱来得切实，有意思。

窗外有细小微风挟带玉兰的香气而来，隐隐约约还能看到楼下便利店三三两两出入的人群。我仰起脸看了一眼台历，才发觉明天竟是和他认识 5 周年的纪念日。时间似乎是系在加速器上运转，我们太像摆放在商品橱窗里待出售的玩偶，只能任凭光阴蹉跎而缄口不言。

"家明，家明。"我慵懒地翻过身喊着这个小男人。平日他连我最细微的呼喊都能听到并会立马跑到卧室里看我，手里还会带些湿毛巾、糕点，或者柠檬味的牛奶，像我贴心的仆人。而此刻我静卧在床上，许久也不见他进来，突然想起来他出门去了还没回来，房间很安静，情况异常得让我感到有些不安与内疚。"早上是不是做得过火了？"我轻轻问着自己，"可是，这个傻男人他不是一向都了解我的脾气吗？傻瓜，不会因为这事不理我了吧。明天可是纪念日，难道 5年的时光都要荒废啦？"无际的失落伴随着越来越浓重的黑暗接踵而来，窗外映进来的灯光越来越稀薄。我耷拉着脸，陷到难过的悲境里。

何家明有天竟然会生气，会不搭理我，这自然出乎我的意料。

我当初是觉得这个小男人只会顾及别人感受而从不为自己设想，才决定这辈子要跟他过了。对于一个女人来说，英俊聪慧的男人往往靠不住，淳朴善良的才是值得托付的归宿。家明是够傻的。送给他的白色尼龙围巾他都不舍得戴。每次在奶茶店里一大帮子姐妹过来蹭吃蹭喝，他都会出手阔绰地为她们买单。有时雨天他发短信叫我出来看电影，我一时忘了回复，他竟然也会在影院门口站上几个小时，直到电影散场。

"家明，你这么傻，我是这么爱你。"突然又浮想起一些过去的事，我把枕头抱得越来越紧，眼眶氤氲着水汽。感情这场雨真是下得太潮湿了。

记得大四时，家明在"蔚蓝水系"里突然跟我说："欣鱼，我不打算考研了。"我当时正把奶茶吸到一半，听他一说，原以为是开玩笑，便回击他："你这笨蛋，你不考的话谁还能去考？"

他认真地看着我："我是说真的，我要跟你一起在这座城市里找工作。"

"卖奶茶？"

"只要能把你捧在手心，做什么都可以。"

“可是家明，爱情不是天真的广告好吧。你是适合圈养在校园里的，不比我。”我笑了笑。

他表情停顿了一下，然后又对上我的眼睛：“欣鱼，我怕距离会把我们疏远，所以……所以我想出来工作，这样我们才能在一起，才能……”

我搔了搔头发：“结婚？”

他十分坚定地点了下头。

我故作娇羞的模样，抬头看了看天空，接着又看着他：“那也行，不过……”说到这，我故意卡住。

家明的喉结动了一下。

“你要在我们认识5周年的时候向我求婚。”我狡黠地对他笑着，心想，5年的时间应该足够我们准备婚姻需要的一切了。5年，爱情就该修成正果了。

他握住我的手，一种温暖夹杂着甜蜜的感觉滑进了心里，似小兔那般撞着。“欣鱼，那时我一定要找到一份高薪的工作，给你想要的一切。”

何家明你为什么会是一个这么单纯的傻瓜，爱情里的许诺只是一场游戏，你干吗要让自己如此认真地去实现？这样只会让自己陷在深井里出不来的。我轻轻咬了一下嘴唇，眼泪不知不觉地掉下，带着红色的余温，比窗外那些晕散模糊的光线要来得闪亮，似乎是在黑暗里的另一双眼睛，只在回忆中注视着那些滑过心底的故事。

这样一个暴雨刚刚洗刷过的夏夜，楼下的便利店前不断有车子驰过，车灯湿黄的光不时就映到天花板上，公园里的情侣被无数树叶所遮蔽，月辉从树叶的缝隙间窥视着遍地洒落的亲吻。这个季节的爱和蛙鸣一样廉价。屋子寂寂的，像一张嘴巴，张开着却无法说话。我在晕眩中似乎是睡着了，开始做一些梦，但梦境总是破碎的。巨大的轰鸣声，裂开的玻璃碎片，一张张扭曲的脸喷薄出许多殷红的液体，凋谢的玫瑰，惶恐，不安，焦灼而潮湿的气味，海水不断涌来，我的头要被淹没了。

客厅传来开门的声音，旋即那门又被缓慢地关上，像风中枯瘦的枝条发出咿呀的声响。我醒了过来，心想应该是家明回来了。刚才因做梦而抽搐的身体此刻冷静下来，感觉自己像被人拆下了发条。我轻轻拍着胸口，缓缓舒了几口气，那些痛感才渐渐隐没下来。梦中，一个人和死亡的距离原来这么近。

当下已至深夜，腹部开始空虚，想吞掉整个世界。我下了床，穿过客厅，开始在厨房里找些吃的，感觉自己像只饿慌的猫咪。夜灯亮着，柔和的光线打在静物上面，宛如一幅幅素描。洗具池里放着成袋的番茄、豆角、花椰菜，冰箱里有螺片、火腿、排骨。还有一些袋子没打开，它们安静地躺着。

"家明，我们的纪念日原来你都没忘，太傻啦……"我一边捂着脸，一边擦拭着眼里溢出的感动。看了看家明的房间，门是半掩的，灯光亮着，他刚刚回来，还没睡。我便悄悄向他走去。

他正坐在书桌旁很凶地抽烟。身上有很浓的像是从医院带回来的苏打水的味道。旁边的烟灰缸堆得像长满荒草的坟茔。其间他全身不时就抽搐起来，断断续续地咳着，停住，又抽噎了几声。今晚他身上的烟味比往日要重，要冷，后半夜里跳窗而进的凉风把烟的气味冻成一块块痂，酥脆地落地，发出噼噼啪啪的声响。

现在的他看上去痛苦万分。我不知道是不是和他之前看到那则晚间新闻有关，还是因为平日积压的抑郁将他折磨成这样。他愈发像一条脱离水域的鱼，在这干燥的陆地上接近崩溃和窒息。

我沉默地站在原地，不准备走近他。看着他的背影，倒是怀念起曾经相处的好时光。

那时我们依旧是在翠绿的校园不谙世事地生活，经常泡在"蔚蓝水系"里，到校门口吃不干不净的羊肉串和关东煮，还在公园里散步，看池塘的荷花从花骨朵熬成了满塘红，那些青黄的蜻蜓偶尔飞过我们的手心，像时间留下的轻浅的脚印。

　　他不时还带我去街边一家日式风格的排档。老板是个中年男人,光头,大腹便便,站起来和家明打招呼,目光扫到我,又意味深长地对他笑着。我那时常常有些慌张,坐下来,故意跟家明隔得有些远,也没怎么说话。他要了两盒海苔寿司,两碗牛肉拉面,并嘱咐老板其中一碗拉面不要放葱花。他似乎知道我日常的饮食习惯,但我觉得感情需要意外,太习惯的模式会把人的期待与情绪禁锢与僵化而沦为机械的产物。所以自己总想做些他意想不到的事情。面食端上来之后,他把一碗没放葱花的推到我面前。我特意在这时叫住老板,烦请他拿些葱花过来。老板是个精明人,装糊涂地笑了一下,点点头,随即端上一小盘葱花,还外加了点香菜。我慢慢地拿筷子夹了些撒在面汤上,用小勺子搅了搅,气味飘出来,额头便开始冒出汗来,我强装微笑地看他,明明知道自己根本是吃不下的。家明诧异地盯着我,抬了抬眼镜。马路上汽车开过,泡桐花落下了一些。

　　我们的第一次亲吻也来得很突然。那天他像往常那样送我到寝室楼下,情侣们静静地站在夜色里塑成了许多尊雕像,路灯很庸俗地打磨着那些快要合体的长短不一的影子。我问家明:“你为什么不亲我一个?”说完扭头向楼梯走去。他一时愣住,不久便追过来把我抱住。我们的额头碰在一起,鼻子先贴着，一点点张开了嘴唇，像是两朵昙花。触到他略微颤动的舌尖时我知道这下完蛋了，舌头也像人一样会记着彼此的味道，它们互相探入、问好、挑逗，像久违的熟人。嘴唇相抵时分不开了，我双脚开立，但一点也不像要在爱情里变成泡沫的小美人鱼。就是这次看似唐突的接吻让我更加确信，我们是彼此从时空的罅隙里穿梭而来的影子，带着对前世的溯源相遇。

大四毕业那天，我们看了烟花，头发吃进了许多烟花碎屑，又在校门口买了一大袋鸡柳、羊肉串，然后拉着手跑进"蔚蓝水系"。里面人影绰绰，每寸空气都是热的，播放着动感舞曲，混着奶茶和蛋糕的香气，人们鱼贯而入，仿佛一场盛大的狂欢。人群疯狂地包围着、包裹着，像夏末的最后一只蝉大声嘶喊，唯恐自己进入秋的节气就会从树上摔落、老去。"蔚蓝水系"疯了，奶茶疯了，满地的面包屑都疯了。世界就要迎接我们了，带着它的雨水，带着它的气流、味道，苦的、甜的、悲欢交集。那些道路尽情地扭摆，机器咔嚓作响，城市灯火通明，人们各自隐藏与恐慌，我们的深情年少，就要说再见。

"家明，那样的时光再也回不去了吧？"我站在他身后，嘴唇翕动着，微小的声响只是在加深着他的沉默。家明依旧用背影回答我，那些在黑夜说出的答案也只是沉默。

毕业后，我们都陷入了社会的这趟浑水里。我在父母拉下老脸求人找关系后进了一家物流公司上班。而家明，以前就认为他应该继续考研待在校园里，而这社会对他来说就像一个玩笑。他最初找到的工作，很快就辞职了。我问过他原因，他只是抚摸着我的头发，很认真地说："欣鱼，要相信我，很快就会找到合适的了。"这时他笑着，目光中透出的力量比年少时更为坚定，像块炉火中炼就的钢。男人在面对理想时远比女人来得固执，这是本性使然。我摸着他瘦削的脸颊，心疼地点了下头。

过了一些时日，我便瞒着家人和家明住到了一起。我们租的是两室一厅的单元房。那时他的情绪还像是掉在社会这口看不见深度的井中并艰难地试图爬出，在深海里努力地游动。我的小男人，真的很像一只鱼在不断地挣扎、呼吸。夜间回来他就留在自己的卧室里，看电影、看书、玩游戏，试图消除这一天积累下来的疲倦与不快，只有当我叫他的时候他才肯走出房间来和我说些话。我鼓励他，叫他继续努力加油。家明点点头。之后家明的情况并没多大改善，断断续续找到一些工作，又马上结束，消极地循环往复。走在大街上，他时常找不到自己的位置，就连失业者的群落也找不到。他看着和自己年龄相仿的人一副事业有成的模样，就从内心深处感到一种愧疚和不安。我真的不愿看到他这样。

"家明，我们可以把眼光放低一点。先不找那些高薪的职位，好吗？"

灯光柔和地打在客厅的沙发上，他眼前的镜片闪了闪光："欣鱼，我说过的，我要让你过得幸福。"

我摸着他的脸，这些天这个小男人真的有些衰老的迹象："我知道，可我不想你这么辛苦。家明，听我的，好吗？"

他把头低了下去，似乎要陷入自己的风衣里，过了不久倒是慢慢地抬头看我，目光里又是一种坚定。


真挚而温暖的沟通确实能起到规劝与治愈的作用，人毕竟是情感动物。

很快家明便在一家私企做初级主管，薪水还过得去。他暂时结束了自己搁浅的生活。那一天黄昏，我提前下班去超市买了一大袋的蔬菜鱼肉回来，准备做一桌子菜为他庆祝。余晖从窗外射进来，照在玻璃器皿上闪出金色的光。风是轻的，踮着脚尖经过我们。我倒了两杯红酒，一杯给他，一杯给自己，又夹了些虾仁放进他的盘里，笑着。他也笑着看我，眼睛里溢出很明亮的光芒，就像当初在"蔚蓝水系"里遇见时的样子，饱含着深情与爱。

那一晚，我们喝了很多红酒，脸上洋溢着快乐与霞晕，像两枚碰到一起的熟透果实，顷刻间就会有融合的趋向。那一晚，我们有了恋人们为了进一步表达爱而必经的第一次。夜色里水雾渐渐潮湿，他似乎站在海水的一侧，不断地靠近。我抱紧他的脖颈，轻轻唤着他的名字。那些树影在风中摇晃着，遮掩了暗夜中的一些光，小虫窸窸窣窣的鸣叫忽远忽近，一下子又被急促的心跳取代。那一刻，我摸着他汗湿的头发，知道自己是多么爱他。

带家明去见父母的那天，我的内心十分忐忑。那次见面不亚于一场政审，这个小男人在世俗的洪流中总显得那么单薄瘦弱。父亲很少说话，主要是母亲发难。她先是微笑，很传统地寒暄一阵，然后进入了谈婚论嫁必备的话题，无疑是金钱、住房、家庭成员、社会关系等等。爱情里该有的祝福与关怀倒是被撇得一干二净，似乎他们的女儿嫁给的并不是对方这个人，而是他背后那些客观的条条框框。母亲的脸色不断在变，从起初的母性的温情到后来的严肃，而家明这个小男人此时只是在承受笑容背后的紧张与无助。我试图停止这种煎熬，便在旁边干咳了几下。母亲见我有这反应，倒也收敛起来。父亲起身拿了些桌上的报纸到卧室去了。一下子发现家里原来是这么干燥，似乎一小撮火苗便能点着。母亲随后也站了起来，倒了一些茶水给家明，对我使了一个很细小的眼色。我顺着她的目光便向厨房走去。

"小鱼，妈妈觉得这样的男人不适合你。"母亲一边看着我，一边从洗池边拿了盘水果过来。

我从中挑了个橘子，慢慢剥着："妈，甜和酸，我自己能够尝出来。"

"那你是决定啦？"母亲有些急了。

"等再过些时候，我就和他结婚。"我把手里剥下的果皮扔进垃圾桶里，顺便转过脸看了看家明。

母亲的脸板得很青，像一块浸在暗黑光线中的铁："小鱼，从小你就这性子，迟早有一天会害了自己。"

我没有回应她，咬了一瓣橘子，向家明走去。

告别时，家明向母亲很郑重地承诺："妈，我会让欣鱼幸福的，在结婚前我们一定会有自己的房子……"小男人依旧这么傻，而母亲阴沉的脸并没有什么可喜的变化。

母亲越来越让我失望，总是以所谓的母爱为借口，我真不知道这种关怀的背后究竟是什么。为什么女人们总是一代一代继承那些透明的框架，像遵循一种天然的秩序，而我不愿。棋子的命运是操纵在别人手中的，我不是谁的棋子，所以我的命运不在棋盘上，而在自己的掌心。

那一晚回来，我们瘫坐在沙发上，试图卸下身心里隐形的重量，那些痛苦拉紧着神经与时间。命运把这个男人带到我身边，我要陪他一起忍受种种没法说清楚讲明白的尴尬与屈辱。一瞬间我恍惚觉得自己已经理解了人生的些许意义，内心胀满从卑微苍凉里生出的爱。那种爱的生命力是强大的，让人承受与坚守。我们抱在一起，像两个流浪的孩子，瘦骨嶙峋，眼睛湿漉漉地流出许多茫然和谅解。我似乎在他的眼眶里看到了前世的自己，为了这样的男子从蛰伏到燃烧的模样。

"家明，为什么此刻看着你被时间所磨损的背影，我的内心会不断颤抖呢？我们过去的爱，是散落了吗？"我俯下头低低地说着，爱情在这沉默里是这么的无足轻重。

今晚的家明，对我来说好陌生。脑中闪现的记忆，与他现在的距离太大了，我感到自己的骨头正撞在冰冷的墙壁上。他低头，泛青的面颊越来越看不到轮廓，身上的苏打水味道愈加浓郁起来，夹在手指间的香烟快烧到指头了，而他还一动不动地低着头。我靠着门，也是一动不动。时间是什么呢，当一切都毁坏殆尽，我们还要计算什么时间。我真的不知道自己要和这个小男人僵持多久。世界对他全是误解，他为什么还要费尽力气去解释，去实现那些飘在风中的遥远？我站在他的背后，始终没有再向他走近，在昏暗里不想看到一个男人被人戳穿的表情。

我转过身，又轻轻向自己的卧室走去。

白昼里大把的阳光砸在周六 11 点的刻度上，棕黄色的窗帘色彩被调得明快许多，浴室里脱水桶急速运转的声音响了一会儿又停下。我从没想过自己有一天会睡得这么晚，就像自己没醒过一样。

我起身拉开了窗帘，明晃的光线猝不及防地进入卧室。我探头出去，家明正在隔壁的阳台上晒他昨天泡在桶里的上衣和内裤，神情落寞得像一只骆驼。那些甩落的水滴很轻地敲打在兰草和芦荟上，时光不断绿着。刚想开口叫他，脑子里突然又塞满了昨天早上不欢的场景，那些从枕头里飘扬而出的羽绒封住了喉咙。我感觉身体一下子又变得晕晕沉沉，昨天真像场噩梦，我敲着脑壳，试图删除那些画面，它们却亢奋地逼过来。凝固在树梢的阴影全洒了出来。

"欣鱼，我们年内就贷款买房吧。"我当时正从卧室的衣橱里取出上班要穿的制服，家明就在客厅里一边看着早间新闻一边说着。

我慢慢拿出套在衣服里的架子："再等些时候吧。家明，你不必太在意我妈的话。"

"可是，我……"他从冰箱里拿出牛奶往杯里倒着，"欣鱼，我想我们是不是该结婚了。明天是我们……"

"家明！"我打断了他，"我们还年轻，要准备的事情还有很多。不急的。"

"我答应过妈的。"他放下手中的牛奶瓶，走到我的卧室，很认真地看着我。

"跟你说多少遍了，别再提她！"心口不知从哪冒出的一团火要把整个人点着，我顺手抽出床上的枕头向这个傻男人扔去。那么轻薄的物体顷刻间破了，绒毛纷纷扬扬。整个清晨似乎还陷在未散的阴暗里。

他哑然站了许久。我揉了揉额头，让自己静下来。他稍后缓了过来，一字一顿地对我说："欣鱼，你变了。"

"变的是你！何家明，你已经跟从前我在'蔚蓝水系'里认识的那个男人不一样了！"我气鼓鼓地说，"现在的你就像一个挣扎在房子、工作、婚姻漩涡里的奴隶，我真的不愿你是这个样子。"

"欣鱼，我只是想更好地爱你，知道吗？"他走过来，伸出左手想抚摸我的脸颊，被我用力地甩开。

我沉默地看了他一眼，便冷冷地把制服放进袋里，连着挎包提出了卧室。

他跟了出来，从鞋架旁拿了把伞向我递来。"天气预报说今天还会有雨，你带上这个吧。"

我没有理他，直接开门走了出去，并且把门重重摔了过去，整个房子的心脏似乎在那一刻跳了出来。

"家明，其实变的不是你，而是我们。"家明晒完衣服从阳台离开，我的内心突然感伤起来，这个小男人，我可让他平白无故地咽了不少苦。

出了卧室，我来到了客厅，看到桌子上摆满了各种自己爱吃的菜肴。家明坐在桌前用一只手捂着上衣口袋正等着我。不知不觉我们已经认识5周年了，真的好快呀，我坐在对面细细瞅着家明，发觉这个小男人也渐渐成熟了。他今天穿着很正式的西服，打着领带，嘴边的胡茬刮得很干净。在他旁边摆着一束很艳的红玫瑰。

我看着他的脸，脑中溃烂的伤口逐渐愈合。清晨如海滩一样吹来了清风，我的目光中汹涌着很深的歉意。

他此时并不看我，只是朝着我的座位呆呆望着，然后从身边拿出那一大束玫瑰花轻轻放在我面前的桌子上。我想叫他的时候，他又从紧按着的上衣口袋里拿出一只精致的红色小盒，是那个我曾期许过无数次的爱的认证。他慢慢地开启那个心形的小盒子，向我递来。这个小男人哭了，泛红的眼眶里滚落下一颗颗很重的液体。我从未见过他这样悲伤。

"欣鱼，欣鱼！"他放下戒指盒的那一刻不断嘶喊着我的名字，但我发现自己的目光总是逾越不过戒指以外的地方。

似乎光线顷刻间全都聚集在那颗镶着小粒水晶的戒指上，那样明亮的光线，璀璨得一生仿佛只有一次。

我高兴地看着，神经却一瞬间紧绷起来，一束光牵引着我向最后的谜底靠近……

昨天傍晚下班时，天空下起雨。我用挎包遮住头顶，跑到车站。公交车下了一拨人，后面又涌上另一拨人，拥挤地塞满了车厢。便利店的老板娘懒洋洋地靠在自家冰柜上看着大雨滂沱落下，一只拖鞋在台阶下面翻转了过来，她用肥硕的右脚搔着左腿的小腿肚，神情木讷。卖水果的小贩在货摊上加固着大伞，一摊脏水若无其事地向他脚边漫延着。远处煎饼店的香味来势汹汹，招揽了不少在街道上空腹避雨的客人。那些撑开的小花伞单调地开着，颜色总是那么几种。这个时节的雨天潮湿而焦躁，我很不喜欢。

包里的手机振动了一下，打开，是家明发来的短信："欣鱼，下班后，我来接你吧，我们再去'蔚蓝水系'，去找回过去的我们。"因骨子里自小养成的执拗，我在早上燃起的怒火到现在也还没浇灭，只是当视线再次落到"蔚蓝水系"四个字上时，内心固执的城墙瞬间塌了下来。

一辆闪着空车灯的出租车缓缓地开来，我顺手把它拦了下来，湿漉漉地钻了进去。司机似乎今天心情也不太好，车子在雨中跑得很快，像极了自己疾驰的情绪。

很快，车子从立交桥下穿过；很快，又开过了一条十字路口；很快，就要向前面的环岛驶去。我从包里掏出手机，在屏幕上划着："不用来接我了，我现在已经打出租车准备回去了。家明，我想我们还能找回自己，只要时间慢点改变

我们。"

短信发出图标消失的那一瞬间，耳朵突然"轰"的一响，一种嗡鸣声不断盘旋在脑中。那声音尖锐得似乎要撕开身体，仿佛一双无形的大手，我不知道到底发生了什么。

我所能感觉到的是自己此刻成了一枚殷红的果实，泡在深不可测的雨水里。一束束灯光射向我，锋利如刀。从前的影像混杂着家明的脸不断闪现、重叠，又分开，那么强烈而眩晕的痛感，清晰、尖利，又渐渐模糊。我想大声嘶喊，却始终发不出一丝声响。

夜色吞没了世界最后一道微亮的光线。无边而冰冷的城市，尘埃飞扬。

我落魄地回到住所，从挎包里取出钥匙开了门，此时满身疲倦，我感觉自己像一条透明的鱼正向家明游去……

# 母 夜

她在房前的芭蕉树下独坐，晚风有些凉，吹得头有些晕。她也不进屋，仍坐着，身体白得像患病似的，她总觉得自己这一生也治不好了。

枝丫间缀着点点花，像虫蚁在叮咬着夜晚这块巨大的黑色肌肤。她想让夜色亲近她，感受她，甚至是抛弃她。

"艾。"母亲从木盒似的屋里喊她，声音细小，糯脆的南方口音把夜色蛰出一道口子来。

她不作声，保持一贯的沉默。

母亲没再喊她，只取出一条毛毯披在她身上，双手轻摁住她孱弱的肩头。

她亦不作声，看着面前这张被时间画得越来越坏的脸，眼里倒像进了些沙尘，发痒发疼，揉揉，眼泪不知不觉地下来。

　　早春时节，母亲忙于在庭院里照料各种花草。芍药、栀子、龙舌兰、千日红，芳香相互渗透、缠绕，葱葱郁郁地覆盖墙角。

　　那时父亲很早便离开了。母亲没再爱过别的男人，她几乎把自己的一生都献给了花草。在遇见父亲之前，母亲差点陷入婚姻的死井里出不来，在外祖父母逼迫之下与一望族子弟结为连理，终日受尽虐待与毒打。她告诉外祖父母，老人都叫她忍忍，她一边受虐一边吃药，坚持不住了，终于逃出来，途中遇见父亲，彼此喜欢，二人简单结合，双方都无家长前来见证，也无喜宴，只对天对地对彼此的心起誓，免去俗世繁缛礼节。

　　父亲在世时是个斯文俊朗的男人，喜欢母亲，从头到脚地喜欢，也喜欢母亲从花市搬运而来的花草，大大小小几十盆陶土盆装着，无事做时父亲便来料理花事。父亲一生失意，中专毕业后在镇上文化单位工作，原要调往县里，名额却被人使了手段占了，他赌气似的离开了原来的单位，替朋友看书店。后来买书的人少了，书店难以为继，关门了。他便整日待在家中，郁郁寡欢，不久又得了病。

　　父亲说："这辈子，算是欠着你了，下辈子，你一定也要在。"

　　母亲说："走吧，无论什么时候我都会等你。"

　　父亲没再多看母亲一眼，在一个深夜，忍受着心肌梗塞的折磨，最后解脱了。

她那时 4 岁，抱着母亲的膝盖，问："爸爸睡到什么时候？"庭院里的花草在风里摇晃，孤单与苍凉住进她心里，伴随她成长。

母亲只吻着她桃红的两颊，一言不发。

夜里的露水凉了，犹如一枚渐次冰冷的心脏，在淡然平静中跃动，幅度微小。芍药、木兰、栀子、千日红，纠缠的香气臣服于夜晚的冷漠，悄然散去，剩下闭合的花苞像藏着不愿吐露的心事。

她常常从母亲封存的柜子中取出父亲的旧照：大眼、浓眉、脸颊白皙的男子，一脸微笑，左手的两指间夹着一支纯白的香烟。她一直记着这样的气味、面容和动作。

母亲告诫她除了父亲，这世上的多数男人都是虚伪的怪物。他们的目光、笑声和谎言，如同指尖的雨滴瞬间是会蒸发的。

她抛开这些，只想在现实中温习有关父亲的一切，寻找从前不曾有过的记忆，父亲的相貌、动作和身体部位，哪怕这些只是假象，只是她的自我满足，只是虚妄与臆想。她都不在乎。

成年后，她便先后遇到三个母亲口中说过的怪物，但他们却与父亲那么相像：大眼、浓眉、同样都是白皙的脸颊，一脸的笑意，还有左手两指间夹着那支纯白的香烟。

母亲给她取名"艾"的时候，她还不会说话，唇齿未齐，自然不懂人事。

艾，菊科，蒿属，双子叶植物纲。母亲喜欢所有的草本，偏爱的是植株有浓烈香气，平日又不引人瞩目的那种。在这点上艾草是极其契合之物，便得了母亲的钟情。

她记得每日若是早早来到庭院时，便能见到母亲采摘艾的情景：轻轻捋起衣袖，露出白臂，在森森露水下撷来鲜嫩的艾，放于淡绿色手编的竹篮中，草香虽淡，竟也能在熹微中萦绕良久。其实，母亲喜艾的原因除去这些，还归因于她。

她幼时常惹蚊虫叮咬。母亲听老人说起过艾的药用功效，便开始整日摘艾来为她减轻痛痒。拿艾草点燃之后去熏，烫穴位，或是蘸些驱虫的花汁敷于受损的皮肤之上。母亲心细，每次敷完之后定是不让她随便走动，以免药汁洒落或沾了衣裤难以洗去。

而她每次却照样起身，在房前屋后捉蚯蚓、蝴蝶、七星瓢虫，折腾不停，若是雨天也不忘捉些蜗牛放于树下的石阶上。那一刻她感觉自己是自由的，能掌控别人的方向和命运，包括对生命的毁灭。

母亲站在窗子边，只干咳一声，之后没再对她多加阻挠。而这却害她有了一种病态的错觉：在这世上，她永远没有自由。她的自由掌握在一个女人手里，由始至终。

艾，母亲希望她美丽却不肆意展露，希望她坚强却不固执倔强。

而她不懂，她只是在母亲一次次来到芭蕉树下抱她回屋时加宽着错觉的海沟。

夜晚的河水流过，冰冷覆盖着她。


那一年，母亲平日做工的服装厂倒闭，她失业在家，时日艰难。

母亲消瘦沉默，常站立门边，看看有哪条路可以走，随即又沉默，转身从屋内搬出一张脱漆的老式藤椅，一坐良久。后来小镇进行旅游开发，大批的酒店宾馆开张营业，母亲被介绍到一家旅馆，做前台工作，那时她还有些姿色，也不算老气，总有些客人对她动手动脚。她找老板说明情况，老板却刁难她。母亲最终去做了保洁工作。

她开始猜测母亲，打心里看不起母亲，知道这个女人已经撑不起风中巢穴，也清楚母亲没有理由再限制她的去留。她要跟随亲戚家的姑娘们漂洋过海，南下去新加坡。那里长着高大的椰子树、葱绿的香蕉林，天气湿热，雨季频繁。

母亲如从前那般没有对她进行过多干涉。"再考虑一下吧。"她只淡淡说着。

她摇了摇头。

临行那天，母亲没有去上班，坐在厨房的圆桌边上给她的衣物缝补扣子，之后又照样到院里给蜀葵和木槿修剪枝叶，亦不忘给艾草喷足了所需的水分。动作轻缓，倒像是要挽留什么，却终究要淡然松手。母亲原谅女孩的执拗与无知。世事纷繁，人总是要有所经历，哪怕付出心酸、痛苦与绝望，才能成长得更好一些。

轮船出了港口，从前的人生像死去了一样。她没有回头再看一眼。

抵达新加坡三个月后，她决定结婚，而且不告知母亲。她发现自己要依靠绵绵不断的物质过活、玩乐，甚至是哭泣。她要寄生在一个男人的身上，用青春、美貌同男人做交换。在这蚊蝇丛生之处，在这东南亚阴阴大雨或者日光糜烂的地域，她翻来覆去细细想来，发现自己终究不是母亲口中所说的女子，能携带坚强标记去辨认路途，方觉嫁给物质和生活或许便是自己最好的选择。

同去的姑娘们多半顾着自己的工作或是情事，很少顾及她。她闷得像个铁盒子，在热带雨水冲刷下，要生锈了。

街道上摆放着各式商品，果蔬、鱼肉，琳琅满目。行人手中常持把未打开的雨伞。公路上的柏油味道比故地更加刺鼻，在炽烈的阳光下冒着腾腾蒸汽，像口炉子。鱼尾狮公园到她家的距离不是太远。她时常早起，倒弄好餐饮便独自出去散步。有时会牵上一条棕色的狗，在她看来狗的忠实程度强于任何一个野性蓬勃的男人。

这算是她遇到的第四个叫作男人的怪物，毛发旺盛，瞳孔棕褐，肤色略黑，微微体胖。男人待她不薄，给她买名牌首饰、衣物、化妆品。她时常觉得这些理所应当。

有时出门下着细雨，她也带一把长柄雨伞，穿上精工裁作的绸裙，捣弄一番自己的长卷发，化好妆。她只喜欢兰花香的唇膏和紫黑色的指甲油，紫葡萄般的色调，像凝固的血液附着于她的躯体。这种感觉给予她强烈的存在感。

希望你美丽却不肆意展露，希望你坚强却不固执倔强。母亲若在，一定会这般与她说。

婚后的大段日子里，男人不常在家，多半时候都在跑业务，吃酒饭，或是兼顾其他情事，自然顾不得她。

三年，她也生厌了，对新加坡，和这个男人。

坐上归国的飞机前，她办好了所有的手续，离婚、财产分配，以及最后一次给那个异国男人的拥抱。

夜里，飞机起飞，像大型蚊蝇冲撞着黑色的天幕。她喝了一小杯咖啡，怀里揣着白色的丝质毛毯，闭上眼睛。

在她年幼时，生活过得再拮据、再不堪，母亲也不忘带上她去旅行。印象最深的，是十三岁，少女的生理期将来之时，在苏州，寒山寺，深夜僧侣的晚课。

月落乌啼霜满天，江枫渔火对愁眠。

姑苏城外寒山寺，夜半钟声到客船。

这首唐诗最初是母亲教会她的，《枫桥夜泊》，作者张继，父亲身上曾经散发的气息与他相像。大音唏嘘中，母亲还教她在未来的年岁里一定要守住自己，不要太轻易把自己当成低廉的果蔬交出，要早慧，要寡欲，要自重……那时，她全然不知，睡眼蒙眬，倒在母亲怀里睡着了，远山、星辰像泡在黑色的水里，成为无法触及的镜像。夜里起了小风，母亲把她抱住，在星空下，冰凉的庭中，紧紧抱住。

偌大无边的寂静中，生命成了只属于自己的个体，这种真实感深入血液、骨髓，像梳子梳理着身体。

幼时她不好看，母亲给她剪男生一样的短发，衣着朴素，总是站在角落里，因为出身和家境，老师不管她，同学也很少跟她说话。每想到自己身边无要好友伴时，她就想问母亲其中的缘由。几欲开口，当视线对上母亲发白的脸时，又咽了回去。

孤独并不是坏事，相反，它会让人清醒和冷静，来更好地看待这个世界。孤独能使人辨认出彼此的气味。母亲应是这般回答的。

她不解，表情落寞，如霜花。

这时的月光已经洒满寺院，边上的竹林传来阵阵声涛，院里的烛火都熄了，僧侣们一一打坐，或是就寝。四周出奇安静，任何一丝细微的虫鸣鸟叫和心跳，都能听到，很清晰，不沾半点白日的喧嚣。她贴着母亲柔软的胸脯，睡得深熟，羊角辫垂到了裙上。

或许世界伊始，便只是这般寂然。


母亲去接她，是在夜里。机场外人影稀少，只剩一些出租车在招揽生意。路灯一排长龙似的铺展下去，延伸到无法获知的远处。

她看见母亲，激动起来，快步向前走去，突然间又逐渐放缓了脚步，面颊像冷艳的花朵，没有生机。

母亲微笑着摁了摁她的肩头，寥寥数语，便拿过她的行李，转身走到机场外招来一辆出租车，并与司机商榷合宜的价格。

她出国后，母亲白天到旅馆做保洁，从不上夜班，老板说过她，她也不理会。有次老板一生气，也对她动起手脚，她打了老板一巴掌，忍着眼泪跑回家，再也没去旅馆上班。过了几天，她就去隔壁镇上的一家针织厂做些小活，平日甚少与人说话，只埋头做工应对寂寥时日。晚上在厂里吃过清汤寡水的晚饭，便骑自行车回家，回来后独坐在昏黄挂灯下，无人相对。幸好，女儿归来，这下屋子不会落得太空。

新加坡的炎热与潮湿，繁华和拥挤，高大的椰子树，成排的香蕉林，一座一座密密挨着的大楼跟商场，她一发不可收拾地介绍着。母亲看着坐在铅灰沙发上的她，浅浅笑着，却是那般忧伤和焦虑。她甚至聊起了公路、行人、自己处过的那个新加坡男人，平静地讲述在离婚前打掉一个未成形婴儿的经历。

啪！

母亲向她走来，咬紧双唇，在她的脸上狠狠甩下一巴掌。很响的声音，在深夜里穿行。

"我只是不愿把她生出来重复自己这样的人生！我不想成为你！"她解释着，声音都在颤抖。

母亲没听，径直走向屋里，关上了灯。

她往庭院走去，在芭蕉树焦黄的叶子上，嗅到了荒芜的味道。她禁不住高兴起来，像疯子一样傻笑，只是因为母亲那么要强的一个女人，竟然在自己面前哭了。

她继续像疯子一样笑着，夜色将她吞没。


她没有当面与母亲告别，只留下一张纸条，便订票，坐上了去往观音山的火车。

　　她自小便反感母亲的言行。母亲只允许她穿素洁简单的衣裙，剪男生那般难看的短发。长大后她极爱颜色浓艳的事物，高跟鞋是红的，裙子是蓝的，胸罩是紫的，甚至连手机都是金色的壳。母亲曾带她游览名山大川，一路上会紧紧牵住她的小手，怕与她走散。长大后她厌恶这般被呵护的感觉，她就想一个人偏执地去流浪，去远方，去活，或去死。

　　这一次，她站在观音山山脚下，没有皈依之心，只有茫然困惑。

　　一个斯文俊朗的男子，从样貌看去，大抵比她小上两岁，从下车到下榻旅馆，一路与她巧遇数次。大眼、浓眉、脸颊白皙，言语温柔，身形清瘦。

　　让她想起父亲。

　　男子应与她脾性相似，不喜交谈，跟她打过照面淡然笑之后，又低下眉角。

　　第一日，他们上下楼梯，平淡地擦身而过。

　　第二日，他们在庭院前鱼池旁隔着乔木寥寥数语，又草草终止。

　　第三日，他们开始有意识地停在对方的视线里，靠近，凝视，说话，拥抱，抚摸。

　　第四日，在行程即将终结时，在午夜的旅馆里，两个人

用生命最本能的方式来探索彼此，一种透明而轻盈的意识，在躯体间纯粹地跃动。

月光从屋顶的玻璃上透过来，伴随着光泽的皮肤流到了枕边，此刻她与一个陌生的男子相互环拥，嘴角泛起微笑。隐匿了许多年岁的情感被拨醒，并更新着，如同一段溢出汁液的花茎，上面有纤嫩的花蕾在悄悄孕育。

天亮后，身旁没有人影。她期望了无数次，绝望了无数次的梦，又一次成为入窗光束中舞动的灰尘。

她抱紧身体，内心空荡荡的，回荡着一阵一阵的风，吹拂烂透的果实。


月落乌啼霜满天，江枫渔火对愁眠。

姑苏城外寒山寺，夜半钟声到客船。

在她从观音山回来后，母亲请了假，又带她去了苏州。

她们坐在寺院里，面对寂然的夜色。

母亲问她是否还记得那首叫《枫桥夜泊》的唐诗，张继所作。

她点了点头，说："里面还有父亲的气息。"

母亲突然难过起来，嘴角抽搐："我一生只爱他，身体里只住着他，没有人可以代替这个男人给予我温存与安宁。"

她疯了似的站起来："你不配说这样的话，你早些年身体就交给多少别的男人了！"

母亲没有打她，心里似乎一直等着这句话："你原来真的是觉得我在宾馆工作的那些年，净做些不干不净的事，妈妈没有！对天起誓都可以，妈妈对得住自己的心，对得起你和你爸！"

她震颤了一下，便呜呜地哭着。哭着哭着，又在某个瞬间停下了，双脚瘫倒在地上，像失了心的人偶。

无边的寂静中，她们似乎又回到了十二年前的那座寒山寺。母亲紧紧搂着她，她贴在母亲花瓣般柔软的胸脯上。

已然过去的这些年，她与母亲之间隔着千山又离着万水，两人捕风捉影，彼此围困。

她突然开口："这世上会有天真的爱吗？"

母亲没有回答，只伸出手抚摸着她，说："要相信，莫悲观。"

"可是，根本就没有！"她如同夜中的兽叫了起来。

"我遇到了那么多，为什么却始终不能像你一样拥有父亲那样的男人？"

"每个个体都是唯一。"母亲伸出满布纹络的食指贴在她颤抖的唇上，"嘘。"

月光洒满院落，烛火按时熄灭。

在夜的脊背上，她相信孤独是真实的，笼罩着母亲和自己，一生都难以逃脱。

远山、星辰泡在黑色的水里，成为无法触及的镜像。她感到内心平静得如同未起一丝涟漪的湖泊，人世间好像谁都没有来过，自己是透明的，无人察觉的，爱恨悲喜此刻都应该置于别处流亡。

她宁愿自己还是个女童，不懂世界，却也不被世界欺凌。

夜色浓重，屋内的灯灭了，这世界也跟着慢慢灭了。

她坐在石阶上看着月色，蜷缩着身体，没有出声，她感觉自己的呼吸声似乎也都听不见了。

母亲走出来，穿着色调灰暗的丝绒圆领长袖，上面的花纹已经模糊不清，时而闪现出头屑似的细碎光点。

她很少想过要再向母亲问些什么。这一次，亦是如此。

母亲学她，坐在石阶上，身体紧紧贴向她，双手搭在她的肩上，用下巴枕着她孱弱的肩头，轻声说："艾，你不知道吗？妈妈一直都这样爱你。"

她第一次那么轻缓地转过身来，看着母亲。头发挽髻的女人，插着斑驳的银簪，双唇微微翕动，藏在脂粉里的小细纹再也安抚不下。母亲老了，同庭院里那些逐渐颓靡的花草一般老去。

她张开双唇，试图说些什么。

“嘘。”

母亲又伸出手，堵在她略微龟裂的唇上，仿佛要输送一种力量予她。

那一刻，她淡漠的神情终于撑不住了，用力环抱住母亲。

眼泪滴在那双枯瘦的手上。

夜，深深地将她们围住……

# 咖啡馆神秘短信事件

## 1

有天我和朋友聊起一个叫上官的男人。这个男人差点就让我在一场灾难中消失了。当朋友听完我的讲述后，嘴巴张成一个巨大的圆，直喊道："不可能，不可能，世界上怎么会发生这样的事情呢?！"我十分无奈，但这确实是发生在我生活中的一个故事。

说起来，我是在咖啡馆遇见上官先生的。

不得不说坐落在外滩边上的那家咖啡馆显得别有味道。黑白搭配的门面一看便让人想到咖啡、牛奶在杯里冲泡的情形，这与并排的几家店五花八门的装修相比更加抓人眼球。门外栽种的法国梧桐应有些年岁了，叶子在风中翕动，像恋人的双唇刚一松开又立马紧贴在一起。墙上有些角落还覆着紫藤，若遇黄昏，独自坐在馆内靠窗的位置看街道上的景致便别有一番心情。紫藤的根脉会跟着馆内传出的钢琴声有节奏地抽长，发出细微的声音，轻如耳语。而馆内的布置更是充满理想主义：深红或深蓝的超软沙发，四方圆角的矮桌，桌子之间有雕花镂空的木质隔板，在靠落地窗的位置整齐摆放着许多报夹。在这里，装咖啡的杯子永远只会装着咖啡，而不会临时被用来装红茶或是牛奶。

我来咖啡馆的原因比较简单，因为某天读了某个诗人的《咖啡呓语》，"我把时光泡在这里／等待你来／我们的舌尖相互触碰／然后我被你喝下去／消失。"就是这首略显痴傻的短诗让我误打误撞跑到这里来，年少的情怀真是疯狂。后来就喜欢上了这个有情调的地方，通常习惯一个人坐在落地窗边，有时候看书，有时候喜欢托着腮帮看着眼前的世界。我对咖啡馆里的人有种莫名的好奇，感觉每个人的身上都有故事。

最近我便对一个坐在我对面的男士产生兴趣。对于他，我感觉很熟悉，但又无法说清在何时何地见过，有时候人会有一种感觉，在见到一件事、一个摆设，闻到一股气味的时候，心里会涌起似曾相识的感觉，而其实从未经历过。不知为何，我总觉得自己正与这个暂时不知名姓的男士发生着某种无法言喻的关系。

他从公文包里拿出一本黑皮套的笔记本，白皙的右手握着一支派克钢笔，左手摊在桌上。他逆光而坐，面容不清晰，刚看到他的时候觉得是个二十多岁的年轻人，后来又见他似乎是三十多岁的模样。他低下头开始写着一些东西，一旁的小盘里放着晶莹的方糖，咖啡优雅地冒着热气。我不得不抱怨起近视的自己在这种时刻为什么不戴眼镜。我能看清的只是他身上所穿的那件蓝白相间的格子衫，还有他时而看向我的目光。那种目光透着一种急切，或者说是一种焦虑，但更多的还是忧郁，正像他自己所坐着的那个深蓝沙发。

我注意到他是坐到下午 4 点半才离开的，走的时候桌上的咖啡未沾半滴，方糖一块也没少。

翌日，这位神秘的男士又以同样的举止出现在我的世界里。

回到家中通常已是晚间，露水爬上窗台的雕花栏杆，我站在阳台上发呆，最后一抹夕照斜去我的影子直至消失。

我在猜想那位男士坐在咖啡馆里的原因：是为了等一个人，而那个人始终没有露面；是为了纪念一个人，那个人已经不在人世或者远走天涯；是在模仿某部电影里的某个情节，抑或是心理犯了不轻的毛病。我越想心里越发慌，就把案台上的白瓷水杯紧紧攥住，温润的水波总能安抚内心的小骚动。

黑夜张开巨大的嘴巴，街道上行人匆匆，车来车往，风吹得时间发凉，像一个陷阱的发端。

谁为谁风霜流经还苍茫一生？

## 2

"请问，你是在等人吗？"

"不是。"

我放下手中的报纸看着走到自己跟前的男士，讶然的惊叹卡在喉咙里。

他的眼神一下子黯淡下去，准备转身。

不经意间自己竟然叫住了他。

"等等，先生您叫什么名字？"

"上官。"

他嘴角淡淡地吐出两个字，冷峻的侧脸展示在柔软的橘红光线下。不过他没再多说什么就走掉了。他桌上的咖啡照例未沾半滴，方糖没少一块。

我一直在想，这样的男子似乎在哪里出现过。

服务生过来收杯几的时候，我顺便向他打听"上官"的情况。

"麻烦问一下，刚才和我说话的那个人住在这附近吗？"

或许是我说话的声音太小，服务生没有回答我。他端着暗黑色调的托盘走了，嘴角挂着像塑料花一样虚假的微笑。

我站在原地，心中藏匿着一种说不上来的感觉。

落地窗外是黄昏的外滩，几只鸽子叼着被城市打磨好的余晖隐没于远处的房屋。

## 3

蝉声在这个夏季叫嚣得异常热烈，有时却会突如其来地安静下来，叫人费解。

又一天到来，我再次见到上官，我坐到他的面前，心里装满偌大的疑问。

他嘴角浅笑着，然后把手边用黑色托盘安放的一杯咖啡推到我面前。

"你呢，叫什么？"

"左君。"

我把咖啡推还给他。

"这咖啡不错的，你可以喝一口。"

上官幽幽说着，听上去，竟然让我觉得这样的声音是蓝色的，一种忧郁的蓝。他微叹了口气，眼神黯淡下去。

突然间，我看见他的头上钻出了白发，一根一根以无法估量的速度迅速蔓延，脸上的皱痕一瞬间被雕刻而出，深邃

260

而悠长，像一道道忧伤的伤口。

我揉揉眼睛，试图让自己觉得这只是大白天出现的幻觉，但是他看上去情况真的很糟糕。

他放在桌上的手开始剧烈地颤抖，神情落寞得像一只骆驼。不到三十秒的时间，我清楚地看见岁月在一个人身上施展的戏法，深刻而残忍。上官变得很老很老。

我的双唇不断舒张，试图大声叫出。

上官用他干瘪的咳嗽声阻止了我。

"左君，我是不是变老了？"

"嗯……好像老了二三十岁！"

我用左手按紧了发凉的胸口，身子沉了下去，无数繁重的绳索似乎把自己箍牢。

上官之前存留在我脑中的印象加剧了内心的恐慌：他从公文包里拿出一本黑皮套的笔记本，白皙的右手握着一支派克钢笔，左手随意地摊在桌上。他逆光而坐，面容不清晰，低下头开始写着一些东西，一旁的小盘里放着晶莹的方糖，咖啡优雅地冒着热气……

我掐了一下大腿，这一切是真真切切地发生过。

"上官先生，这是怎么回事？"

"我也不清楚。只是在遇到你之前，在这里，碰到一个男人……他请我喝了咖啡，之后发了两条短信给我……"

"短信？"

"哦，就在这里。"

他从兜里掏出了一部手机，并放在了桌上。

"那我能看看吗？"

"可以，但希望你先把这喝了，不然就凉了。"

上官又一次把咖啡推到我面前，我被他的客气打动，在这盛情难却之下便端起咖啡品了几口，心中没有过多顾忌。

上官眼珠翻转，嘴角流出狡黠的笑意。他拿着手机，翻开滑盖。

"左君，你把蓝牙打开，我现在就把这两条短信传给你。"

"为什么不直接用手机号码转发过来？"

"呵呵，我一般不想让别人存有自己的号码。"

看得出上官是个很小心的人，而且还是个自恋的人。

"嗯。"

我拿出手机，按照他说的开了蓝牙。很快，两条短信就闪烁在了我的手机屏幕上。

"其实，我也没有存别人手机号码的习惯。"

我一边试图将上官用蓝牙传输过来的短信打开，一边不经意地对他说道。

上官站了起来，抖了抖身上那件蓝白色格子的衬衫，看向我。

"还是等回去后再打开吧。我要走了，左君。数日后我还会来这儿的，到时再见。希望你会过得快乐！"

他又笑起来，这笑声颇有点不太中听。我的耳鼓不知不觉地打起颤来。

"那上官先生，下次见。"

我把手机揣进裤兜里，随即起身送他。

上官先生谢绝我的送行，他转身离去，背影顷刻间竟然又健硕起来，似乎又回归到精神焕发的青年。

我使劲揉了一下眼皮，心想没准又是幻觉，但似乎这一切都是真的。

上官步履矫健地走到咖啡馆的门口，突然又转头看了我一眼，他刚才还是苍老的面容确实又变得清秀起来，像换了张脸。

这一天我感觉自己掉入了另外一个世界。奇异的变化真是叫人吃惊。

## 4

回到家中，我顾不得脱鞋便立马走入房间把手机拿出来，先打开了第一条短信，眼皮突然不听使唤地跳动起来，像情绪激动的跳蚤。

左眼跳财，右眼跳灾。我正在寻思着这不良的征兆时，第一条短信已经呈现在我的眼前：

"当你看到这则信息时，你已经陷入一个危险的游戏，进入到这个游戏的人会日渐加快老去，然后消失。但请你不要感到恐慌，只要你在咖啡馆找到一个青年人，请他喝杯咖啡，再把短信发给他看，你就能脱离这个游戏而恢复到你看到这则信息前的样子……"

面对手机上闪动的这些文字，我起初不以为意，心想那个叫上官的男人这么大了还玩这么幼稚的小孩子游戏，真是有点好玩。但是后来我细想那个男人在咖啡馆里的诡异言行，愈发觉得不太对劲。瞳孔不禁长出血丝，心悸得厉害。

"难道……不可能的……世界上怎么会有这样无聊的短信游戏？"

我笑笑。但随即脑中一片纠结，似乎有无数的藤蔓正刺穿脑细胞，然后疯了般地生长、蔓延。

"可是……他今天不是像这上面说的那样吗？""怎么……难道真的……""不可能，不可能。""但是，千真万确，我看见了他身上的变化！""王八蛋，他怎么能这样？！"

我的嘴巴瞬间惊讶地张成了一个圆，心里既相信又不信，努力使自己镇定下来，指尖继续划下。

"如果没有人喝下你请的那杯咖啡的话，你将顷刻间变

成老人。五天过后，若你没有找到或者不想让第二个人参与
到这个游戏中来的时候，请再打开第二条短信。否则你会瞬
间消失。"

手指控制不住地颤抖着，青筋暴现，牙齿紧紧咬着嘴唇，
有种胀破的趋势。

我把手机重重地摔到了地板上。但坚硬的钢质手机壳并
没有产生任何破损的迹象。

此时窗外夜色浓郁，中天紫薇今夜显得分外明亮，风声
呼啸着刮过树梢，像悬在黑暗中潜伏的隐喻。

我想自己要在莫大的悲境里度过今夜了。


## 5

之后的一段时间，我整日坐在咖啡馆中试图等待上官先
生的到来。我知道这样的举动颇为愚蠢，那个叫上官的男人
应该不会再至此处。

但生活总是充满了意外，就在三天后，我又见到了上官。

他亦如往常一般坐在我的对面，面容更加清秀，眉宇间
舒展着春光。但他已经不点咖啡，只跷着二郎腿悠闲地从白
色的烟盒里抽出了一支烟，慢慢地点着。

"王八蛋，你害我？！"

我发疯似的冲向他，挥出去的拳头却被他挡了回来。我愈发感觉自己的身体日渐虚弱。

"左君，你要冷静点。要知道我也是迫不得已，如果你不玩这个游戏的话我就会变老，然后消失的。"

他的嘴角安静一会儿后，又发出一阵令人厌恶的笑声。

我用上全身力气恶狠狠地瞪着这个自私的男人。

"那你今天到这来就是想看我怎么变老的吗？"

"我没这个意思，只是想知道你是否已经找到下一个参与游戏的人了。"

"没有！"

"那左君你得快点找了，总共就五天的时间。"

我转过身去，实在不想与这男人对话，感觉他嘴中流出的每句话都会把人弄脏。

"等等。"

他突然起身把我拉住。

"左君，你能把第二条短信给我看看吗？"

"真好笑，你自己不也有？快放开我！"

他的脸突然抽搐起来，松开了手。

"我只看过第一条短信，而第二条还没看，就在发给你的当天顺手连着第一条给删了。"

我冷漠面对着他，一字一顿地说："没门！"

上官眉头皱了三秒后，又像之前一般舒展，接着又得意地对我笑着，然后走掉。

"不看就不看，反正我已经脱离这个游戏了。左君，你好自为之！"

我气愤地跺着地板，脚底疼得让我流出泪来，骨骼不时发出酥脆的声响，像散架的葡萄架。

我发觉自己真的老了。

### 6

飘忽不定的暮雨，垂落在熟悉的空间和时间上。

这已经是第四天了。

我的身边有不少的少年、青年来了，又走了，他们收起伞，又撑起伞，窗外急驰的车辆熟稔地穿梭在大街小巷之间，短暂反复的动作已经成了我十分珍视的景致。我不敢去想后天的自己是否还能如此静谧地观赏这个可爱又美丽的世界。

从我对面起身的已经是今天的第五个青年人了，而我所点的咖啡依旧摆放在我的面前，它静静搁着，从未被推给任何一个人。

我只是在等待着光阴散尽，然后尽可能坦然面对即将消失的自己。

第五天到来的时候，天空还有透明而光亮的雨丝不断地落下来。

落地窗若隐若现着我的苍老，忧伤凝固在始终未动的方糖里，露出惨白的面容。我的样子虽然还是青年，但骨头与血液明显已经老化了。现在就等着一个青年人过来把我衰老的模样揭露出来。

当我细细寻思的时候，一个青年人就坐到了我对面，像曾经的自己面对着上官一般。

"先生，你是在等人吗？"

"不是。"

"我注意你好久了，很好奇你为什么不喝自己点的咖啡呢？"

我没有继续回答，一脸肃然。

青年人见状，便也很识趣地走开了。

我叹了口气，实在不想让一些无辜的小家伙被诱骗到这个似乎没有尽头的游戏中而备受煎熬。

我也很庆幸自己不是上官那一类人。

就在我想到"上官"这个名字时，这个男人又一次出现在我眼前。这次他打了一头光亮十足的发膏，烟叼在嘴中冒着得意的烟圈。这个男人早已不是我最早看到的那个卷入游戏里来的"上官"了。

没了危险的人，大都变得幸灾乐祸。

"这么好的机会，又丢了。左君，你真可惜！"

"请别再叫我的名字了，好吗？听着挺恶心的。"

"当然可以，即将从这世间蒸发的人，说什么我都会听的，呵呵。"

我无视他的存在，把脸转到一边。而他继续走到我面前。

"今天可是第五天，看样子你是想等着消失了哦。真让人敬佩呀，这精神，虽然你比我年轻……不不不，你现在应该比我老，对吧，老人家？"

"你给我走开，我不想看到你！免得脏了我的眼睛！"

这个叫上官的男人还在纠缠着我。只见他拿出那本黑皮套的笔记本，再从格子衫的胸前小兜里抽出那支同样得意的派克笔放到我桌前。

"你将是这个游戏中第一个消失的人，签一下名字吧，算留个纪念。"

他得意地笑起来。

我端起已经发凉的咖啡停在半空，咬了咬牙，最终将它泼到了这个男人的脸上。

咖啡馆里的人群都站立起来，齐刷刷地看向我们。

上官不堪满脸的羞辱，重重把我推倒在了地板上，然后用衣袖甩了甩脸便匆忙走掉。

"你就等着明天消失吧!"

我瘫倒在冰冷的白色瓷砖上,身体虚弱得只能在服务员的搀扶下艰难起身,眼里是打转的泪。


## 7

午夜 11 点 50 分,窗外是稀疏的星辰,一些人正走向另外一些人的梦中。

今晚或许有 2 列火车出轨,18 辆奔驰宝马追尾,487 人走在步行街上正好被掉落的巨型广告牌砸到,3456 个人上床时头碰到了墙壁或者金属钢管,更有 67549 个人买彩票中了大奖而欣喜得手舞足蹈。每一座城市都在发生着或大或小或喜或忧的人事,而这些,都将与我无关。

只要等到明天早上我打开第二条短信的时候,这一切的一切都将再也与我无关。

我翻来覆去地想着,失眠着,像一条忧伤的鱼正游进一方深不可测的、散发着死亡气息的汪洋,我将对着镜子找不到自己。

也突然意识到一些事物永远也不能被动或主动地尝试,它们就潜伏在我们的嘴上、手上和心上,像一种一触即发的美丽的毒。

夜晚逐渐从躁动过渡到了平静，我终究是要面对这样一种严肃而不容喘息的盛大时刻。

我躺在床上，打开了第二条短信：

"当你看到这则信息的时候，恭喜你！你已经结束了这个危险的游戏，你将恢复到你看到第一则信息前的样子，同时上一个脱离游戏的人将会不幸地从这个世界上消失。"

## 8

如果有天你在咖啡馆碰到那些陌生而优雅的男人，一定要小心，不要轻易和他们说话，不要轻易接收他们发来的手机短信……

# 天堂在身旁

初春的北京，偌大的天空仿佛有搔不尽的头皮屑，雪依然落着。

夜里，我从酒吧踉踉跄跄跑出来，准备回住所。走在路上，感觉世界都在摇晃。脚下的高跟鞋情绪亢奋，一路上摩擦着路面，发出咯吱咯吱的响声。

我停下来，毫不犹豫将这双鞋脱下来，扔向垃圾桶。一只进去了，一只砸到垃圾桶外，啪的一声，孤单落地。在胸口囤积数日的雪球仿佛滚走了，自己突然感觉好爽，"在我面前嘚瑟的全都不得好死！"

身体被一种骂人的快感所充斥，鼓鼓的，像蛤蟆一样。我想此刻，全世界都没有人比我幸福了。

　　大学期间没拿过奖学金，搬到校外住地下室负二层，挤地铁从来没有占到座，男友前脚说永远爱我，后脚就跟别人好起来，而我力气单薄，"捉奸"现场还被小三推倒在地，现在就连打个的士，兜里也掏不出半毛钱，全世界绝对没有人会比我"幸福"了吧？我要怎样感谢这个世界的"恩赐"呢？

　　我要尽情舞蹈，我要放声歌唱，没有人可以阻拦我，去爱它，爱它……

　　"够了没？醒醒吧，老姐。"视野里闯进来一个小男人，面容、衣着都很模糊，只是声音太过熟悉，烧成灰烬都能辨认出的那种熟悉，"瞧瞧你现在的样子，简直就是一个泼妇，怪不得全世界的男人都不要你！"

　　没有发育彻底的声音，像生锈的铁，这是我的弟弟，米开朗。

　　"滚！你们男人没一个好东西，见一个爱一个，都是挨千刀的！滚，走开！"我醉醺醺地朝他叫骂道。

　　他倒没被我喝醉酒的模样吓到，见我的双脚此刻被冻得苍白，似乎轻轻一碰就要像玻璃一样碎掉，立马跑到垃圾桶边把高跟鞋提了过来，像小时候提着死耗子一样表情猥琐地提过来。

　　"丢了就是丢了，别给我，我不会再要了！滚！"米开朗递过来的鞋子转眼间又被我扔回了垃圾桶，死状跟先前一样。

"你倒是同情一下我的劳动好吗，跟人打架力气不大，扔鞋子却扔得贼远！"米开朗鄙视地看着我，然后把脸甩到一侧，双手插在裤兜里。

"同情你？你这臭小子，以后也是进化成臭男人的料，不如现在我就先替以后成千上万受苦的姑娘们消灭你！"语毕，我就咬着牙向米开朗扑去。

他一溜烟闪到一边，我醉态晕晕的，趴在了雪地上。

"从小到大，你的'九阴白骨爪'什么时候赢过我的'凌波微步'啊，哈哈……"米开朗得意地笑起来，一排牙齿白得就像今天晚上消失的月亮，我的眼前这下一片漆黑了。

脑子里再有意识的时候，苍白的脚踝又被那双高跟鞋包上了，我发现自己正趴在谁的肩头，虽不算厚实但也能支撑我 105 斤的身体，还有一阵暖暖的热气涌进我的心里。

"见鬼了，瞧你体型也不算胖，竟然是个实心球。这么沉，果然腿肚子大的姑娘不能背啊……"

生着铁锈的声音一瞬间打进我的耳鼓内，我知道此刻背我回家的人还是我深深讨厌的弟弟，米开朗。

严格一点说，米开朗并不是我的弟弟，首先在血缘上，他和我没有半毛钱关系，其次在长相上，他是标准的锥子脸，双眼皮，而我是大饼脸，"内双"，最后他跟我也不同姓，他叫米开朗，姓米，我叫乐瑶瑶，姓乐。

很多人会觉得米开朗的爸爸一定是留过学的建筑师，但其实只是一个医生。他爸和我爸都在同一家医院工作，所以米开朗自小便跟我玩在一起。因为我出生的时间早一天，加上女生发育得比男生快，所以那时个头上稍稍领先的我就喜欢叫他弟弟。

米开朗很早的时候就显露出了自己作为帅哥胚子的潜质，在学校、公园、街边，或者大马路上，只要有人拍照，我就知道那些可恶的"咔嚓"声所瞄准的对象就是米开朗。和他走在一起，我很好发挥出了自己提早作为配角大妈的潜质，压力如山大。

所以每次只要他一跟我走在一起，我都会让他戴一顶棒球帽，并把帽檐不断往下扯，直到他的那两道剑眉看不见为止。米开朗没有对我的举动表示抗议，相反他每次总会在我给他帽子戴的时候笑，那么天真无邪，让我顿时羞愧。

而让我感到吃惊的是，即便这样遮盖米开朗的锋芒，他这颗小星星还是发光了，一堆女粉丝就像撞墙后流血的苍蝇，给他写大批大批的纸条，全是粉红色的信纸，画着一朵朵羞答答的玫瑰，偶尔在他单车的筐里还会捡到一些，上面写着"你戴帽子时的样子最酷最帅，我好喜欢！"气死我了。

所以从小我就深刻认识到米开朗的"后患无穷"性，包裹不住的美少年永远都是少女们的灾难。

当然和我走在一起，米开朗也有不戴帽的时候，比如在一个夏天有飕飕冷气的地方—太平间。

夏天日光中，蝉叫得欢，把空气搅和得更热了。我和米开朗被努力"修长城"的妈妈们抛弃了，待在我爸和他爸所工作的医院里，办公室的空调无聊地吹出一些风，后来它吹累了，索性连一丝冷气都不吐出来。我就拉起米开朗的手直往太平间跑去。

"为什么要往那里跑？"

"因为那是通往幸福的地方啊。"

"可是，那个房间看上去好奇怪啊。"

"会吗？可我爸爸说，那里会通往天堂。弟弟，你见过天堂的样子吗？"

"没有。"

"那你想见吗？"

"嗯！"

就这样我学着大人们编谎话的本事，爬进了未锁紧的门窗，成功把那时还很单纯的米开朗接了进去。

太平间真是避暑的好地方，里面是一片雪白雪白的世界，凉飕飕的，我们会爬上一些床，跳来跳去。那天的太平间似乎真的很太平，一具死尸都没有看见，只有一张一张铁架子床，被我们推来推去，东一张，西一张，横七竖八地碰撞着。

窗外是一排樟树，茂密的叶子在太阳下仿佛被酒精刷过似的发出一层层青翠色的光，偶尔有风从我们打开的窗户外刮进来，把太平间吹得更凉了，同时也掀起了角落里的几张床上的床单，露出一张张惨白惨白的脸，那种惊悚的效果绝对不是国产鬼片可以拍出的。

那一刻我才见识到，死人的可怕之处在于当你没有设防的时候他们悄无声息地出现，可以夺走你最大分贝的喊叫。那个震耳欲聋、绕梁三日的尖叫至今还叫我爸记忆犹新。那时他闻声跑进太平间，看着蜷缩在一边的我，对着围成一窝蜂的院领导、医生和护士，低头尴尬地说："这是我女儿。"

我第一次发觉我爸在介绍我时背是驼的。米开朗他爸倒是在一旁看得兴致勃勃，他的儿子很聪明，很争气，没叫，一溜烟就爬出了窗，一点蛛丝马迹也没留下。那时我就知道自己千万不能小看这个叫米开朗的弟弟，面对死人他一点都不害怕，面对哭泣中的我他跑得比孙猴子都快。

或许是他太过勇敢，勇敢到神经在他小学毕业前就已经达到顶峰麻木的状态，所以在他六年级时，他妈从五楼阳台上一个健步跳下做自由落体运动时，他都没有感觉。

米开朗他妈进行这样一种危险的行为艺术完全是因为米开朗他爸，一个外表看上去没有任何优势可以招到小三的男人，却用自己的工资和平日收到的红包成功填补了这一弱势。一贯喜欢"修长城"的米开朗他妈闻讯后，不得不从麻将桌上撤下来而转到实际战场，智斗小三。

或许每个人的智力确实有限，加上米开朗他妈嘴皮子功夫还没有那些专职小三修炼到家，每每摆出气势汹汹兴师问罪的架势后又迅速败下阵来，米开朗他妈彻底绝望了，她纵身一跃，用实际行动向米开朗他爸证明了原配是这世界上最爱他的人，是唯一会为他付出生命的人，而小三她会吗？

可惜他妈的这一壮举并没有让一个平日见惯了人体器官的外科医生产生愧疚之情，倒是顺水推舟扶小三坐上了正妻的宝座。在米开朗上了初中后，他爸就和小三顺利结婚了，从此他俩过上了幸福的生活，而米开朗却从此成了一个没人管的娃。

网吧、迪吧、酒吧、桌球室、地下放映室……这些地方很快就成了米开朗比家里跟学校待得还长的地方，自此他也习惯着别人的指指点点："看，那个是不良少年，家里人都不管他，跟他玩会变坏的。"大人们都这样教育他们的孩子，偶尔一些小姑娘嘴巴里却很老实冒出一句："可他好帅，好像越前龙马！"

在米开朗还没有进化成不良少年的时候，我们正一起坐在学校的天桥上吹风。我喜欢脱了鞋子，露出两条萝卜腿，伸到桥下，在风里荡来荡去。米开朗没有学我，他盘腿坐着，像个童子，仰着45度忧伤的角看着天空，脸上很落寞，似乎世界上没妈的孩子表情都应该像他一样。

"你妈妈离开那天，没看见你哭，现在怎么装起忧郁了？"

"姐，你说我要不要去找我妈。"

"呃，找你妈妈？"

米开朗没有回答，他站了起来，伸开双臂。

我见情况不妙，立即抱住他的腿，大喊道："娃，你还年轻，可别想不开啊，你要是一跳，全世界的少女都得为你发洪水了！"

"什么嘛，我只是伸伸懒腰啊，姐！"

"不早说！我还以为你真要去找你妈呢！"

"姐，我要找的妈不是那个整天把麻将看成自己亲儿子的妈，我要找的是我的亲妈。"

"呃，你在演连续剧吗？"

没想到米开朗真像流落民间的王子一样还有个身世之谜。他亲妈在生下他后不久就离开了他爸，从S城回北京生活。他爸随后就和米开朗跳楼的那个妈结婚了。那时米开朗还小，自然不知道这些。

最近米开朗新一任继母的肚子隆起了，新继母自然扮演着恶毒女人的角色，怂恿他爸把这些告诉了米开朗，意思是叫这小子滚蛋。

米开朗说着说着，神情越来越失落，看得姑娘我潸然泪下。

"弟弟，其实我们的命都一样。"

"呃？"

"我妈也不是我亲妈，她总说我是从垃圾堆里抱回家的，是从大马路上捡回来的，呜呜呜……"

米开朗真是好孩子，他竟然相信了我，于是我们两个人抱在一起唱着《鲁冰花》，"天上的星星不说话，地上的娃娃想妈妈，天上的眼睛眨呀眨，妈妈的心呀鲁冰花"。

米开朗开始学会抽烟的那一年，我才意识到一个少年也可以坏得这么帅，连抽三块钱一包的香烟都可以抽得这么有范儿，一投足，一个眼神，绝对不是抽烟抽得再凶，姿势摆得再酷的体育老师、教导主任可以与他相比的。

我说他可以直接去演戏了。他问我演戏是不是不用学习就可以赚钱。我点点头。没想到第二天他就打上发蜡，穿上他爸的西装，系着粉红粉红的领带，衣冠楚楚，站在我面前，说："姐，我要去演戏，我不读书了。"我顿时目瞪口呆："亲爱的弟弟，我没叫你去做小白脸啊！"

米开朗愈发成为众多女孩发育期思春的对象，打电话的，发短信的，还有写古典情书的，一堆一堆，每日只增不减。而他不知是脑子还没开窍，还是根本无心理睬这些自己长腿跑来的野花，一次电话也没接过，一条短信也没回过，一封情书也没看过。

那段时期，世间不知多少痴女子为他哭成了泪人，米开朗却假装浑然不知。他继续抽烟喝酒，被罚站、罚扫地、罚跑操场十来圈，围观的少女总是一波一波，海浪般汹涌。仿佛这样的美少年越坏，女生越爱。真是奇怪的逻辑。

米开朗似乎要把自己不良少年的资质发挥到极致，没烟抽的时候，竟然跑到教导主任的抽屉里拿烟，真是老虎嘴里拔牙，找死。学校以说教无望为由，让米开朗他爸把他请回家去。

那阵子，他继母正在待产，他爸整天往医院跑，也没时间教育米开朗。米开朗晃晃悠悠地把 S 城里的网吧、迪吧、酒吧、桌球室、地下放映室都走遍了，每次遇到我，总要和我吹嘘自己不良少年的身份，进化得多么完美。

当他继母顺利诞下一男婴后，米开朗就好像被废的太子哀愁地向我走来，他拿着自己刚刚办好的身份证和从他爸钱包里翻出的信用卡在我眼前晃了晃，说："老姐，我要去找我妈了。我们暂时见不到面了，不要太想我。"

那个时候，还是初三的夏天，阳光穿过树梢，透射下碎碎的光点。露台上是一些被晒蔫的小花，在风里飘出一阵一阵焦灼的花香。米开朗十六岁，额前染着一绺金黄色的头发，穿着骷髅图案的白色短袖，带着一脸还很干净的笑，要学小蝌蚪，去找妈妈。


米开朗消失的那几年，我竟然鬼使神差地考上了市里的重点高中，然后又考上了北京那边的大学。

我爸和我妈自然高兴，成天对我说："原来米开朗那小子是我们家瑶瑶的霉运啊，看看，他不在的日子里，瑶瑶什么都顺利！"可我好想他，去我爸医院的时候想他，坐在天桥上吹风的时候想他，路过教导主任办公室门口的时候想他。这个可恶的弟弟说暂时我们不能见面，可是这个"暂时"也太长了吧？

其实，米开朗离开我的这几年他并不算真正消失。中间，他也给我发过几次短信。

"姐，我现在在天安门，很想你耶。"

"姐，我现在在故宫，很想你耶。"

"姐，我现在在长城，很想你耶。"

"姐，我现在在鸟巢，很想你耶。"

"姐，我现在在玩扭蛋呢，很想你……"

"没心没肺的臭小子，你就扭死你的寂寞吧！你姐很好，只是，好久没'调戏'你了……"

按下发送键，屏幕上竟然冒出个气人的红色警示键，显示"无法发送"。米开朗竟然把我设成了"拒绝接收"。

我咬牙切齿地盯着这个红色警示键，仿佛看见米开朗一脸嘚瑟的表情，内心燃起熊熊大火，米开朗你这个臭小子，等我见到你，非把你剁了，扔到北京后海里喂鱼！

真正见到米开朗的时候，我的怒火都被他现在沧桑的模样给浇灭了。

在北京火车站出站口，我看见他，人更瘦了，烫着一头黄卷发，穿着黑色的衬衫，裤子是军绿色的，没有一点图案，腮帮留着铁青的胡茬，看得出是用劣质剃须刀的结果，远远看去，他就像一根加长版的图钉钉在北京的大地上。时间真是一把专门宰杀美少年的大刀啊！

"别以为正太留点胡茬就可以装大叔，你化成灰我都能认出你。"我对着米开朗假装生气地说道，"N年前的'暂时'可真够长的啊？！"

米开朗没有辩驳，一脸淡淡地笑着，拿过我的行李箱利索地放进的士的后备厢里。

"喂，别以为我会同情'哑巴'。你想装什么，我都不会原谅！"

米开朗摸了摸我的头，一脸坏笑，然后打开车门，问："姐，我想把你装到这车里，你不要，是吧？"

"臭小子，越来越坏啦你！"说完，我立刻钻进的士里，并向他吐出一句话，"打的的钱你付！"

我很佩服当年还是俊美小少年的米开朗竟然能在北京这样的大都市里活下来，真像小强。但令我好奇的是他是怎样做到的，第一他没学历，第二他没能力，第三他爸的那张信用卡肯定已经透支，第四，他也不是会刷碗洗筷子的料。

米开朗似乎知道我在揣测他到北京后的生活状况，坐在一旁鄙视着我，说："姐，你放心，我没当小白脸。这些年我在北京，干的都是正经活。"

"什么活？"

"当'演员'。"

我吃惊地看着米开朗："真的吗？好棒耶，那你都演了什么？"

米开朗没有回答，头不断往下埋。

"男主角？男配角？还是……路人甲、路人乙？"

"姐，你好烦。我演的是尸体，你信不？"

我瞥了米开朗一眼："跑龙套的还闹脾气，你小子以后肯定能当大牌……对了，你这只小蝌蚪没找到你的青蛙妈妈吗？"

米开朗失落地看着我："找到了，可她不认我。"

"为什么？"

"她操着一口标准的普通话说她绝对没有 S 城口音的儿子，姐，我应该怎么办？"

"先学好普通话呗。"

我抱住米开朗，摸着他头上金黄色的蛋卷发，他看着我，我再看着他，我们都笑了。一梦三四年后，没想到我终于又能和米开朗像亲人一样坐在了一起，就像电影《一代宗师》

里说的："世间所有的相遇，都是久别重逢。"我相信。

　　来北京上大学的这四年里，我交过三个男朋友，米开朗见过其中的两个，还有一个，我跟他的爱情十分短命，米开朗没有机会见到。

　　我的现任男朋友，名字叫陆耀阳，音乐学院学生，兼职酒吧 DJ，身高 180cm，长相仅次于米开朗，也是那种走到哪里哪里就会桃花朵朵开的男人，但他说世上桃花千万朵，他只爱我这一朵。我相信。所以在大三的时候，他说他想搬到学校外面住，我就死心塌地地跟他出来了，从此开始了住在地下室暗无天日的日子。

　　他说，我们都会从土里长出来的，我们迟早会看见阳光的。我也相信。他算是我交过的男朋友中最正常的一个了，也是恋爱保质期最长的一个，曾几何时，我还以为自己在一见钟情很多人、两情相悦一些人之后，终于要和他这个男人白头偕老了。结果证明，这不过又是青春路上的一段歧途。

　　米开朗对我和陆耀阳交往的态度，不赞同，也不反对。

　　不过，他时常会和我说："姐，对于你这样沉不了鱼也无雁可落，浑身充满大妈气质的姑娘而言，脸蛋好看的男生靠不住。"

"他靠不住,你更靠不住!"

"姐,为什么你一直都要找这么高的男人,就算你高跟鞋里垫十几块海绵不还是够不着他的额头嘛。"

"我就是喜欢180cm,有本事你也去长啊!"

我喜欢和米开朗对嘴的时光,世界在我们说话间美好得一塌糊涂,他喜欢声东击西,笑里藏刀,我喜欢移花接木,见血封喉,但是陆耀阳却不太接受米开朗,他给的理由是"乐瑶瑶,全世界只允许我一个人爱你,我不准你和那个跑龙套的小子走得太近!""可是,米开朗不是别人,他是我弟弟。""就算他是你亲生弟弟也不行,况且他还不是。"我知道当两个帅哥碰到一起的时候,不是相吸,就是互斥。米开朗和陆耀阳当然属于后者,这是帅哥们骨子里剔除不去的坏脾气。

那天夜里,米开朗跑来跟我说,他被包租婆赶出来了,先在我这里借宿一晚。我拍拍胸口表示没问题。他一激动,就请我喝酒。我说他骗人,竟敢拿雪碧冒充酒。他笑了笑,说自己买的是柠檬味的朗姆酒,只是我的地下室灯光太暗,所以才造成我嘴巴也跟着眼瞎尝不出味道。我生气了,索性就把灯全都关上。然后,我和米开朗在黑暗中玩起了捉迷藏。

我们绕着房间不断地跑,不断地跑,房间顿时变得无限的大，就像小时候我们玩过的太平间，我们从东跳到西，又从西跳到东。童年时总是我抓米开朗，那时我就始终抓不到他。现在换成了米开朗来抓我，他一张开大灰狼一样的爪子，就把我变成小鸡了。我被他抱在怀里，就像多年前我在天桥上抱住他一样。

"弟弟，你是不是要变成坏男人了？"

"没有啊。"

"可是我闻到一股混蛋味了。"

"姐，如果有天我变成混蛋，你会怎么办？"

"剁了你，一块一块扔到后海喂鱼。"

"你舍得吗？"

"别以为每个女人都会对小白脸心软，我的心可是金刚石。"

我们就这样无聊地说话，无聊地看着对方，然后起身继续跑，继续捉迷藏。这个黑夜变成了游乐场，我们都是天真的孩子，都还那么小。

但是随着"嘣"的一声，黑暗中，陆耀阳吉他上的一根弦被米开朗踢断了，那个短促的声音像极了陆耀阳生气时的脸，我们沉默了。

"弟弟，你完蛋了，你把我家男人的吉他弄坏了！"

"姐，不用担心，到时买个新的赔给他。我看他也不像能当贝多芬的料，什么吉他在他手里也弹不出'英雄交响曲'。"

"真是败给你了……"

米开朗见我有些不开心，这时站起来，说："姐，我唱首歌给你听吧。"我点点头，很想撞墙。"你一定从不记得，有一场擦肩而过，还有一场我为你死了，一出热播的剧情万人传说，我只能在角落安静地听着……"不知道为什么，现在听到米开朗用他那没有进化好还生着锈的声音唱歌，内心竟然会被感动，在此之前，我的耳朵回荡的总是他那首唱跑调的《鲁冰花》。

"奇怪，唱儿歌都跑调的人现在怎么能唱得这么好听了？"

"因为有经历了。姐，你知道吗，这首歌叫《临时演员》，黄渤唱的。"

"天啊，他竟然当过歌手？"

"姐，我以后也要当他那样红的演员。"

"弟弟，就算你默默无闻当保安或者扫大街，你姐都爱你。"

"姐，我也爱你。"

就是在这样脑残的对白中，门开了，灯亮了，照出了陆耀阳那张俊朗帅气仅次于米开朗的脸。

那一夜，我们三个人没说一句话。我知道，有个男人天亮之后不会爱我了。

之后，陆耀阳很少陪在我身旁，他说他要忙着毕业设计，他说他有很多兼职要干。我说你不会不爱我了吧。他笑了笑，走掉了。所以我开始处于半失恋状态，一个人去上课，一个人吃饭，一个人走路，一个人坐在地下室负二层的房间里看宫斗剧，当然有时米开朗会从剧组里跑出来看我，但是弟弟跟情人的地位终究不一样，我好想陆耀阳。他似乎还在我身边。

我能闻到他毛衣的味道，能听到他常常抱着吉他弹起的《安河桥》，能摸到他那棱角分明、五官精致如同力宏的脸庞。我从镜子里能看见他就站在我身后，叫我"瑶瑶""瑶瑶"，我一伸手，他消失了，像破碎的光点散落四方，镜子里只剩下一双女人幽怨的眼睛。

米开朗说："姐，你老了，你男人现在跟别的女人好了。"

我握着一瓶酒，踢飞了脚下的十几个易拉罐，说："你混蛋，你男人才跟别的女人跑了！我的耀阳，那么爱我，他那么爱我……"

　　米开朗为了向我证明他在酒吧所见的情形，就在二月初春的晚上，空气中雪花夹带的尘埃直径仍大于 PM2.5 值的时候，他戴着黑色帽子，拖着一路上不断挣扎的我向陆耀阳兼职的那家"很爱很爱你"酒吧走去。

　　我不是不相信米开朗，我只是怕自己受伤，看见不该看的，瞎了自己的眼睛。半路上，为了壮大讨伐的声势，米开朗又搬来一个女兵，长发飘飘，明眸善睐，身材姣好，很像多年前还很年轻的我。

　　据米开朗说，这是跟他一样跑龙套的妞，前不久刚泡上，在剧组嘴皮子功夫算是一流，导演总喜欢让她扮怨妇骂负心汉。得此大将，必将旗开得胜。米开朗此刻说什么，我都信。

　　见到陆耀阳的时候，是在酒吧里，他像往常一样脖子上挂着白色的大耳麦，放着音乐碟片，看过去是一个十分正经的 DJ。但不同的是，他的身旁出现了一个女人，长发，齐刘海，抹着粉红的唇彩，穿着淡蓝色的短裙。装萝莉，真可耻。

　　我一见我心爱的陆耀阳竟然跟别的女人厮混，怒火中烧，气冲冲地走过去，恨不得脚下踩的高跟鞋鞋跟再增长 10 厘米，直戳穿那贱人的心脏。"哪家'洗浴中心'出来的，敢勾引我男人？！"我火冒三丈揪住那女人的头发，那狐狸精真见鬼了，竟然轻轻一用力就把我推倒在地，我怀疑她用的正是化骨绵掌。

"我说姐，你不看看自己胖成什么样了，爬都爬不起来，还敢来找我男人？"

"你这贱人，说什么呢，陆耀阳是我的，是我的！耀阳，你说，你为什么要这么对我？！"

随后，我把目光对焦到了陆耀阳铁青的脸上，可怜巴巴地看着他。可他没有看我，他的眼里现在只有这个伪萝莉。我大声地哭着，从没想过有一天自己深爱的男人会让自己如此难堪。

米开朗拿过吧台的一杯酒，一个箭步飞上来，直接泼到狐狸精脸上，然后一个巴掌下去，"啪—"，那货直往陆耀阳的胸口钻，哭喊着："阳阳，阳阳，这小黄毛打我，他打我！"

我听着这声"阳阳"，想吐。

"贱人就是如此矫情啊！"米开朗一边对那女的说道，一边过来扶起我。

"米开朗，我跟乐瑶瑶的事，请你不要介入！"陆耀阳语毕。米开朗瞪了他一眼，然后在将我扶起的瞬间，竟然低头用帽子遮挡，借位吻了我。

他嘴角充满痞子气地对陆耀阳笑道："她现在是我的女

人，你说我要不要介入啊？"

米开朗的妞显然被这偶像剧里才有的英雄救美的一幕刺激到了，发了疯似的跑了，边跑边喊："米开朗，我恨你，我恨你！"本想她是个救兵，结果却是个朝我军开炮的逃兵。

"喂，姑娘，这是借位，你怎么就看不出来啊！"米开朗耸耸肩，看着泪流不止的我说："姐，你别难过，是我的妞迟早会跑回来的。"

陆耀阳愣了一会儿，缓过神来对我说："瑶瑶，你真变了，现在都开始找人过来演戏了！"

"陆耀阳，我告诉你，乐瑶瑶这么好的一个女孩你放着不要，现在她是我的了，你以后尽管去骗其他女人，别来找她了！"米开朗紧紧抱着我，对陆耀阳骂道。

陆耀阳松了口气，看着米开朗，说："原先我就知道她会选择你，所以我先退出了而已。"接着，陆耀阳又看看此时异常虚弱的我，说："瑶瑶，我们之间都结束了。"

"陆耀阳，是你变了，我没变！什么'很爱很爱你'，都是骗人，骗人！陆耀阳，我告诉你，我们之间从来没有开始过！"我用尽身上的所有力气吼完，跑到吧台上，把满满的一瓶酒一饮而尽，然后举起酒瓶，往地上摔去，全酒吧的目光像利箭一样射穿我，"如果我以后还跟你联系，就形同此瓶！"

玻璃碎掉的声音，细长而尖利，仿佛世界裂开了一道纹，一切都跟着破碎。我跑出了酒吧。跟在我后面的是戴着黑色帽子的米开朗，我知道就算全世界都抛弃我，他也不会。

米开朗，我亲爱的弟弟，只有他会帮我捡高跟鞋，只有他会背我回家，虽然他总说自己打死也不背腿肚子大的女孩。

"米开朗，你刚才假装吻我，是不是……你在心里也喜欢我？我们要发展姐弟恋吗？"我趴在他背上不好意思又假装生气地问。

米开朗大声地笑起来："老姐，你真会讲笑话，我可没那么时髦，姐弟恋，哈哈，我肩膀都快笑趴了。"

我白了他没长好的后脑勺几眼，随即又说道："米开朗，你要明白弟弟是真的不可以喜欢姐姐的。不过我很想知道，如果我和你的女朋友同时落水了，你会……先救谁？"

"姐，如果我和你爸同时要下水救你，你愿意……被谁救？哈哈，姐，我背着腿肚子大大的你也挺累人的，你就安分点别残害我的智商，好吗？"米开朗，一向超级可恶的口吻。

"不用你背了，放我下来，我自己走！"对付米开朗，我一向都没屈服过，一边喊，一边把他帽子下拉。

"别弄我帽子了，我都看不到前面了。好了，不背了！"米开朗松开了手，我像面团一样滑了下来。等我站稳，他倒是生起气来，向前方径自走去。我这时才发现米开朗他长高了，而且据我目测，他已经长到了那可恶的180cm。

"米开朗，你什么时候竟然长到180cm了？"

"怎么了姐，你难道喜欢我了？不过我对腿肚子大的女生可没兴趣哦。"

"你这个臭小子，我要把你埋到雪地里！"我大叫了一声，向他冲去。

"来啊，来追我啊！"米开朗往前跑了一段后，停下脚步，转过头来对我说道。

我看见他笑起来的样子，这么多年过去了，一点都没变，就像小时候在太平间、天桥上、夏天的树梢下，他弯起的眉眼，总是那么清澈、明亮。即便戴着帽子，也丝毫影响不到他眼中对这世界放出的光亮。

他是带着光，穿过时间的风霜，来到我面前的。米开朗，我的弟弟，是我心中永远越前龙马一样的少年。

不管世间要变成什么模样，再凉薄，再残酷，只要米开朗在我身边，我就永远还是那个面红耳热、元气满满的少女，生活中所有的妖魔鬼怪都无法将我打败。即使有时被它们摔在地上，我也会立马爬起，继续跟它们战斗，或者拉起米开朗，转身跑。

像那年的夏天，蝉鸣无休无止，温度三十五六，我拉着他，往医院某个凉爽的地方跑去。世界在白色窗帘晃动间运转着，我们欢笑，我们奔跑，没有什么能够阻挡我们像风一样自由。

"姐，我们为什么要往那里跑？"

"因为那是通往幸福的地方啊！"

"可是那个房间看上去好奇怪。"

"弟弟，天堂都长得很奇怪哦。"

那时我没有告诉你，米开朗，你在我身旁，其实已经是天堂。